LA SUA SPORCA VERGINE

IL PATTO DELLE VERGINI - 3

JESSA JAMES

La Sua Sporca Vergine: Copyright © 2019 di Jessa James

Tutti i diritti riservati. Nessuna parte di questo libro può essere riprodotta o trasmessa in alcuna forma con nessun mezzo elettronico, digitale o meccanico, incluse, ma non solo, attività quali fotocopie, registrazioni, scanner o qualsiasi altro tipo di raccolta di dati e sistema di reperimento di informazioni senza il permesso esplicito e scritto dell'autore.

Pubblicato da Jessa James,
James, Jessa
La Sua Sporca Vergine

Cover design copyright 2017 by Jessa James, Author
Images/Photo Credit: CanstockPhoto.com-coka

Nota dell'editore:
Questo libro è stato scritto per un pubblico adulto. Questo libro potrebbe contenere scene sessuali esplicite. Le attività sessuali incluse nel libro sono pure fantasie per adulti e ogni attività o rischio corso dai personaggi della finzione nella storia non è né approvato né incoraggiato dall'autore o dall'editore.

CAPITOLO 1

Becca

Percepii lo scoppio, non lo sentii davvero. Mi aspettavo che una gomma a terra facesse un rumoraccio, tipo boom, ma no. La ruota cominciò a tremare e il mio sterzo prese ad andarsene per conto suo. Per fortuna non stavo andando troppo veloce e la strada era dritta. Fui in grado di accostare senza scivolare nel fosso. Me ne stavo lì, seduta, con il cuore in gola, l'adrenalina che pompava, le macchine che sfrecciavano.

Volevo urlare, cacciare tutta l'aria dai miei polmoni. Una gomma a terra! Non ci voleva proprio. Avevo già troppe preoccupazioni per la testa. Avevo appena finito di pranzare con mio padre e, come al solito, il nostro incontro era finito con lui che mi diceva quanto fossi deludente e io che me ne andavo. Gli avevo semplicemente detto che stavo seguendo le lezioni di medicina, non che avevo deciso di non andare al college per diventare un fenomeno da baraccone in un circo. Tralasciando l'imbarazzo del pranzo e la sua palese disapprovazione, non avevo ancora fatto affari, e *mai* lo avrei fatto.

"Altri morirebbero per essere nella tua posizione!" mi aveva detto al ristorante. "A quattro anni dal college, mentre i tuoi compagni di classe cercano disperatamente un lavoro per fare gavetta o addirittura uno stage non retribuito nella speranza che possano ottenere un contratto a tempo indeterminato, io potrei metterti sulla strada giusta. Potresti diventare una manager il prossimo mese. Perché non vuoi ascoltarmi?"

"Mi sono appena diplomata!" avevo risposto, alzando la voce. Aveva ascoltato, ma non mi aveva davvero sentito. Non mi sentiva mai. "Non posso semplicemente divertirmi un po'?"

L'espressione sul suo viso si era trasformata. Le rughe sulla sua fronte si erano fatte più profonde e ogni muscolo del suo corpo si era irrigidito. Una faccia che non mi era nuova. L'avevo vista innumerevoli volte - tristezza, delusione e disperazione tutte mescolate insieme - ma mi dava sempre fastidio, mi faceva sentire come se facessi sempre la cosa sbagliata.

"La vita non è 'divertimento'. Lo sapresti se non ti avessi fatto trovare tutto già pronto, servito su un piatto d'argento. Non hai mai dovuto lavorare nella tua vita, nemmeno un giorno, Becca. Certo, ora vuoi soltanto 'divertirti'. È colpa mia... perché ti ho dato tutto. Mi sento di aver fallito come padre."

Tutto ciò che mi aveva dato aveva un prezzo da pagare, ovvero entrare a far parte degli affari di famiglia. Se mi fossi unita a lui, avrebbe pensato che mi aveva cresciuta nel modo giusto. Se non l'avessi fatto, allora sarei stata una fannullona. Una fannullona che voleva diventare un medico, eppure, per lui, sarei sempre stata una parassita. Una viziata. Non sarei potuta rimanere lì un minuto di più, così uscii dal ristorante.

Mio padre si era sempre messo su un piedistallo. Era esasperante. Ma c'era ancora quella piccola voce nella mia testa, quella vocina che mi diceva che dovevo ascoltarlo, che lui mi amava troppo e voleva il meglio per me. Mi amava tanto da volermi mettere, un giorno, alla guida del suo impero. E questo era il motivo per cui mi aveva dato tutto ciò che volevo e di cui avevo bisogno.

Non si poteva negare che lui e mia madre mi avevano sempre dato il meglio. Mi avevano mandato nella miglior scuola privata, mi avevano dato tutti i mezzi e gli strumenti di cui avevo bisogno e che volevo per rendere lo studio più facile, avevano assunto i migliori allenatori e personal trainer per farmi diventare un'atleta a livello nazionale.

Anche se mio padre non avesse pagato la mia retta universitaria, avrei comunque avuto l'imbarazzo della scelta fra borse di studio accademiche e sportive. Anche dopo che mia madre era morta, otto anni prima, e mio padre si era risposato, l'aiuto non mi era mai mancato. Qualunque cosa chiedessi la ottenevo.

Sì... forse aveva fallito come padre, forse mi aveva viziato troppo, ma io avevo sempre dato il massimo. Eccellevo in tutto. E sarei diventata una fottuta dottoressa.

"Cazzo." La volgarità mi uscì di bocca quando realizzai che ero rimasta lì, seduta in macchina troppo a lungo, e stavo iniziando a sudare.

Era giugno, nel bel mezzo di una calda giornata, con un sole che spaccava le pietre, ed io ero lì, con una gomma a terra. Avevo una ruota di scorta nel bagagliaio, ma non ero assolutamente dell'umore giusto per cambiarla. Eppure non avevo scelta. Le gomme non si cambiano da sole.

Spalancai la portiera del guidatore e la chiusi con un botto prima di dirigermi verso il bagagliaio e aprirlo. Raccogliendo tutta la forza che avevo, feci del mio meglio per tirare fuori la gomma e farla rotolare il più vicino possibile a quella forata. Ritornai al bagagliaio per cercare la chiave inglese. Riuscivo a sentire il sole bruciarmi la schiena, il sudore che mi colava sul viso e sulle braccia. Avrei voluto essere ovunque eccetto che lì, fare qualsiasi cosa eccetto quella, tranne tornare al ristorante con mio padre. Mentre continuavo a lamentarmi nella mia testa, allentai i bulloni. Erano così stretti, non ero sicura di riuscire a svitarli tutti.

"Ti serve una mano?"

Quella voce. Così maschile, profonda e ruvida.

Lasciai cadere l'attrezzo con un rumore metallico e mi alzai, sollevando la testa, i miei occhi si spostarono da braccia muscolose coperte di tatuaggi a una mascella pronunciata illuminata dal sole, e, alla fine, a dei sensazionali occhi blu chiaro. Mi fermai all'istante, con il cuore che ancora una volta mi martellava nel petto. Era senza dubbio uno degli uomini più attraenti che avessi mai visto, se non *il* più attraente. E aveva dei tatuaggi! Erano un tocco pericoloso ma davvero, davvero così sexy che non avrei mai immaginato potessero rendere un ragazzo così figo.

"S-si, grazie", riuscii a bofonchiare.

Si spostò per dare un'occhiata alla gomma, poi a me. "Piacere, sono Jake Huntington." Si presentò con disinvoltura, tirando fuori la sua grande mano per stringere la mia. "Te lo dico così puoi dare il mio nome alla polizia quando salgo in macchina e me ne vado." I miei occhi si spalancarono all'istante, e lui lo notò. Un sorriso malizioso si diffuse sul suo viso. "Stavo scherzando. Non posso scappare con una gomma a terra." I suoi occhi scrutarono la mia figura su e giù, dal mio groviglio di capelli castani fino alle mie zeppe.

"Seriamente, era una battuta. Non ne hai mai sentita una prima d'ora?"

Mi resi conto che lo stavo ancora fissando, senza aprire bocca. Scossi la testa. "Mi dispiace, ma forare non mi ha messo di buon umore. È una giornata di merda, e a malapena è passata l'ora di pranzo."

"Puoi dirlo forte", borbottò.

"Comunque piacere, sono Becca. Becca Madison." Notai l'espressione sul suo volto: sapeva chi ero. Era la stessa mia espressione di pochi minuti prima, quando si era presentato.

Jake Huntington... quel nome aveva acceso una lampadina nella mia mente. Sembrava lo stesso Jake che avevo conosciuto anni prima alla cena del funerale di mia madre. Stesso colore di occhi e di capelli. Con l'unica differenza che, ora, l'adolescente che conoscevo un tempo era diventato un uomo. Forse ero pazza nel riuscire a ricordarlo dopo tutto quel tempo, ma era... indimenticabile. Quel Jake accanto a me ora era *davvero* un uomo. Era molto più alto, più muscoloso e tutto d'un pezzo, come se si fosse realizzato nella vita.

Forse l'aveva davvero fatto, anche se se n'era andato di casa e aveva voltato le spalle alla sua famiglia. Sì, avevo sentito della sua storia perché il padre di Jake era l'avvocato di mio padre.

La notizia aveva fatto molto scalpore nella nostra piccola città, quando Jake se n'era andato. Beh, non era *scappato* come un bambino di cinque anni. Aveva cominciato a studiare legge quando decise che non voleva diventare un avvocato, e suo padre diede di matto. Non sapevo di preciso cosa fosse successo in seguito, ma da allora non avevo più sentito una sola parola su Jake. Tutto quello che sapevo era che non era più considerato parte della famiglia.

"Cosa è successo durante i tuoi studi in legge?"

Un lento sorriso si diffuse sul suo viso. "La mia cattiva fama è conosciuta al punto che anche una ragazza carina sul ciglio della strada sappia chi sono."

Scrollai le spalle. "Tu mi conosci per il mio nome, e lo stesso posso dire io di te."

Scosse lentamente la testa. "Non mi conosci. Conosci solo le voci che girano su di me."

Lo guardai dai suoi stivali ai suoi jeans molto logori, fino alla sua maglietta nera che non lasciava nulla all'immaginazione. "Hai ragione. Quindi cosa è successo quando studiavi legge?"

Un sorriso compiaciuto si fece strada sul mio viso alla mia domanda insistente. *Dannazione*, era fighissimo. "Niente. Ho deciso di non continuare e ho messo su una mia attività dopo il diploma."

"Oh? Che tipo di attività?" pensavo che la sua vita stesse andando molto meglio di quanto avrebbe mai fatto la mia. Non pensavo di poter fare quello che aveva fatto lui, voltare le spalle alla mia famiglia e farcela da sola. Alzare i toni con mio padre a pranzo era una cosa, ma andarmene per la mia strada? Non avevo idea di come riuscirci. Forse mio padre aveva ragione. Mi aveva dato tutto, e non sapevo come cavarmela da sola.

Tirò fuori il gomito. "Il mio braccio ti dice qualcosa?" Notai subito gli avambracci scolpiti, i bicipiti sporgenti. *Una palestra?* "Laboratorio di tatuaggi".

Annuii con la testa. "È stata tua madre ad assecondare questa scelta?"

Sembrava scioccato dalla mia domanda, fino a quando un sorriso emerse ancora una volta sul suo viso. "Ti ricordi di mia madre?"

"Certo." Risposi sorridendo. "Sarò anche più giovane di te, ma le nostre famiglie si frequentano. Tua madre, lei è decisamente... un personaggio."

Sua madre era l'antitesi dei nostri padri. Loro erano i padroni dell'universo. O almeno di questa città. Erano potenti e ricchi. Erano quel tipo di persone a cui nessuno può dire di no, anche se facevano richieste che sembravano irrealistiche. Le persone sotto di loro dovevano semplicemente fare come gli veniva detto.

"Sicuramente." Ed entrambi scoppiammo a ridere. "Ma sì, ha coltivato il mio interesse per le arti, mi ha insegnato che bisogna godersi la vita e non prenderla troppo sul serio. Per questo motivo, ho iniziato a disegnare quando avevo bisogno di scaricare lo stress. A volte mi portava con lei quando usciva con gli amici. Sapevo che mi sarei annoiato prima o poi, quindi portavo sempre il mio blocco schizzi, e quando hanno visto i miei disegni, tutti mi hanno chiesto di tatuare le mie creazioni."

"Oh, wow... quindi la tua attività non è iniziata casualmente."

Restammo a chiacchierare sul ciglio della strada fino a quando, improvvisamente, si ricordò della gomma. Afferrò il ferro della gomma e si inginocchiò vicino alla ruota bucata, mettendosi al lavoro.

Sembrava un bravo ragazzo e si era liberato della morsa di suo padre. Lo invidiavo.

"Già, avrebbero visto la mia arte, ma c'era sempre un significato più profondo ogni volta che sceglievano i loro progetti, e questo – il fatto che ci siano delle storie e dei significati dietro i tatuaggi – ha trasformato il mio hobby in una passione. Condividere le proprie esperienze attraverso l'arte è un ottimo modo per connettersi. È come se, una volta che vedono che hai un tatuaggio, i loro muri cadessero all'istante. Anche se lo fanno per un atto di coraggio o semplicemente perché sono ubriachi, continuano a mostrare una sorta di vulnerabilità – danno a me e agli altri l'opportunità di giudicare, e questo è il punto - io non giudico mai. Io accolgo." Ero troppo assorta ad ascoltarlo, non mi resi conto che aveva finito con la sostituzione della gomma. "Ecco fatto, principessa."

Sollevai le sopracciglia verso di lui. *Principessa?* Seguii i suoi occhi e li guardai soffermarsi per un momento sulle perle sulle mie orecchie e intorno al collo, e poi sul mio vestito estivo rosa pallido. *Oh.*

"Fai un salto da me quando vuoi." Infilò una mano nella tasca posteriore e prese un biglietto da visita dal suo portafoglio. "Al negozio. Prima ho notato la tua espressione. Sei curiosa. Vieni a vedere di persona."

"Certo", risposi, incontrando i suoi occhi. Raccolsi il coraggio per sorridergli. *Dio.* Avrei potuto fissarlo per tutto il giorno. Ero curiosa. Non tanto per un tatuaggio quanto per lui, e più precisamente ero curiosa di sapere come ci si sentisse ad essere baciata da un vero ragazzaccio. "Certo. Passerò."

CAPITOLO 2

Becca

Ogni volta che pensavo a Jake, il mio cervello mi diceva "no", ma la figa mi urlava forte e chiaro "sì"!

Ero rimasta a letto per un paio d'ore buone, non volevo alzarmi. Metà mattinata era già volata, ma non mi importava. Non avevo dormito molto la notte prima, ma non ero stanca. Prendevo in giro me stessa pensando che la mia inquietudine fosse dovuta a mio padre e che fosse la conversazione di quel pranzo a tenermi sveglia, ma non era quello. Non era mio padre, esigente, giudizioso, arrogante. Niente affatto. Convivevo con i suoi sguardi severi e le sue lunghe ramanzine ormai da anni. No, la mia mente continuava a immaginare un uomo dai capelli biondi e dagli occhi blu che a malapena conoscevo.

Il solo fatto di pensare a Jake mi faceva bagnare. Era così bello quando si era fermato per aiutarmi a cambiare la gomma. Grosse gocce di sudore erano scese giù, lungo la sua pelle dorata, mentre ce ne stavamo sotto il sole cocente di mezzogiorno. Le sue mani erano state ricoperte di olio e grasso mentre riparava la gomma, ma tutto ciò non era riuscito a rovinare il suo aspetto. La verità era che la sporcizia e il sudiciume lo facevano sembrare più sexy, sexy in modo pericoloso. Era stato disposto ad abbassarsi e a sporcarsi per me come un ragazzaccio gentile.

Ma era più grande di me. Certo, non come una figura paterna raccapricciante o qualcosa del genere, ma aveva comunque ventiquattr'anni. Come minimo. Era come se la differenza di età lo rendesse off-limits, un frutto proibito. No, la verità è che, oltre ad essere troppo giovane, ero una vergine appena uscita dalla scuola superiore. E lui mi aveva chiamata principessa.

Per lui, probabilmente lo ero. Ma ciò non significava che mi ci sentissi.

Era così diverso dai ragazzi della scuola maschile con cui solitamente ballavamo. Loro sembravano sempre così teneri, senza nemmeno una sola ciocca di capelli fuori posto. Le polo e le giacche che indossavano non si sgualcivano mai. Non potei fare a meno di immaginare alcuni dei miei amici intenti a cambiare una gomma, e scoppiai a ridere. Non riuscivo proprio a immaginarli in situazioni in cui ci si dovesse rimboccare le maniche e sporcarsi. Dubitavo sapessero come fare. Probabilmente, pur di non farlo, avrebbero chiesto ai loro autisti di cambiare una gomma.

Jake invece...

Scossi la testa mentre il suo nome mi faceva sospirare. Nel modo in cui aveva cambiato la mia gomma non c'era stato niente di esilarante. Era stato così sexy, efficiente e così... *virile*. Risi immaginando che avrebbe fatto vergognare i ragazzi della scuola privata. Ne era stato uno anche lui, prima di diplomarsi per poi andare per la sua strada. Mostrando il dito medio a suo padre e a una vita nel country club.

L'immagine del ragazzaccio gli calzava a pennello. Ogni sua parte sembrava essere stata scolpita da un vero artista e ciò che lo rendeva ancora più bello era che tutti i suoi tatuaggi sembravano adattarsi perfettamente al suo fisico. Sì. A lui. *Decisamente*.

Avrei dovuto essere interessata ai ragazzi con cui mi ero diplomata. Sarei dovuta andare ad Harvard o Princeton e poi tornare a lavorare nello studio legale di famiglia, proprio come ci si aspettava che facesse anche Jake. Avrei dovuto lavorare nello studio di mio padre fino a quando non mi fossi sposata, dopodiché non avrei mai usato la mia istruzione universitaria se non per sfornare due bambini e portarli nella piscina del country club.

No, non volevo più farlo, proprio come non voleva Jake. Lui se n'era andato. Anch'io volevo andarmene. Non volevo nessuno dei ragazzi verso i quali mi spingeva mio padre. Non sentivo attrazione. Nessun desiderio. Niente. Volevo qualcuno che mi togliesse il fiato, che mi facesse battere il cuore, che mi facesse indurire i capezzoli e mi facesse venire il mal di gola. Se avessi dovuto rispettare quello stupido patto delle vergini che avevo stretto con alcune delle mie amiche prima del diploma, sarebbe stata dura coi ragazzi che conoscevo, i Todd e i Chad. Finora, non c'era nessuno per cui ne valesse la pena. Non avevo intenzione di consegnare la mia verginità a uno qualunque.

Le mie amiche Jane e Mary avevano già raggiunto l'obiettivo. Avevano già incastrato i ragazzi giusti e dato via la loro verginità. Dal modo in cui guardavano i loro uomini - ed erano *davvero* degli uomini – ne erano rimaste immensamente contente. Jane era stata la prima, aveva acchiappato il nostro insegnante di educazione civica, Mr. Parker. Mary, d'altra parte, aveva ottenuto un appuntamento combinato con Greg, l'amico del Signor Parker. Beh, non era davvero combinato. Mary stava facendo da babysitter alla nipote di Greg, e da lì le cose erano progredite rapidamente.

Ora, entrambe erano pazzamente innamorate dei rispettivi fidanzati e volevano lo stesso per me. Scherzavano sempre sulla possibilità di un'uscita fra coppie, e il fatto di uscire con uomini più grandi aveva dei grandi vantaggi... sia dentro che fuori dalla camera da letto. Dal mangiare in ristoranti eleganti e costosi allo sperimentare del sesso eccitante, si vantavano di come fosse meglio con gli uomini più grandi. E io ci credevo. È difficile sbagliare per chi è esperto, ma il mio lato competitivo doveva superare un ulteriore scoglio, quello di trovare il perfetto... *cavaliere della verginità*?

Risi al pensiero di quelle parole. "Cavaliere della verginità" suonava così... medievale, ma in sostanza riassumeva quello che stavo cercando. Non doveva essere grande tanto quanto il Signor Parker o Greg. Doveva semplicemente essere il ragazzo giusto. I miei pensieri volarono immediatamente da Jake. Sì, finalmente avevo trovato il ragazzo a cui volevo dare la mia verginità.

Non avrei avuto problemi a consumare la mia prima volta con Jake. Ricordavo come aveva sostituito senza sforzo la mia gomma. Era forte e molto bravo con le mani. Probabilmente sarebbe stato in grado di portarmi in braccio e gettarmi sul suo letto con una sola mano. Non avevo dubbi che sapesse esattamente cosa fare. Un ragazzo così bello non poteva essere stato single per tutti quegli anni. Speravo conoscesse il modo in cui si tocca il corpo di una donna, così sarebbe stata una prima volta bellissima.

Ma ancor più bello sarebbe stato quello che mio

padre avrebbe pensato di me nel vedermi insieme a una pecora nera, un ribelle coperto di tatuaggi come Jake.

Dal momento che i nostri padri avevano lavorato a stretto contatto, il mio non smetteva mai di parlare di quel "tipo ribelle". Non faceva mai il nome di Jake. Si lamentava sempre di quanto fosse stato ingrato a voltare le spalle alla sua famiglia. I suoi genitori, proprio come i miei, gli avevano sempre dato tutto. Lo avrebbero messo nelle migliori scuole, lo avrebbero assecondato per il successo che avrebbe sicuramente raggiunto senza troppi problemi. Mio padre sarebbe persino stato propenso a dargli una posizione nella sua compagnia come uno dei capi del dipartimento legale.

"Si è appena allontanato da tutto, da una vita facile, fatta di potere, ricchezza e successo... per cosa?" aveva detto mio padre in numerose occasioni. A quel tempo, le sue parole non mi toccavano particolarmente, perché ricordavo Jake solo come una delle tante facce viste al funerale, niente di più. Ma ora mi pungevano, perché ero in una posizione simile. Volevo ritagliarmi il mio percorso, molto diverso da quello che mio padre pianificava per me da una vita. Se era stato così duro con Jake, mi chiesi come sarebbe stato con me, sua figlia. Ebbi la sensazione che la lite del pranzo fosse solo l'inizio.

Mi imposi di alzarmi. Ero stata nella mia stanza

troppo a lungo, i pensieri nella mia testa non facevano che rendermi più scontrosa. Avevo bisogno di uscire, e immediatamente seppi dove andare. Chi avevo bisogno di vedere. Cazzo, avevo passato tutta la mattinata a pensare a lui.

Un'ora dopo fui di fronte al suo negozio di tatuaggi, R.

R – questo era il nome della sua attività. Era accattivante, eppure la sua semplicità spostava i riflettori sul punto in cui dovevano giustamente essere: l'opera d'arte. Raccolsi abbastanza coraggio per farmi forza ed entrare. E se lui non avesse voluto vedermi? Se pensava che fossi solo una ragazzina? O, peggio ancora, una principessa? Avevo pensato di chiamare e prendere un appuntamento per farmi un tatuaggio, anche se non ero davvero sicura di volerlo. Ma ora che ero lì, ispirata dalle opere d'arte esposte, ero certa di volere un po' d'inchiostro, e sapevo esattamente quale disegno desiderassi.

"Ehi, buongiorno! Hai un appuntamento?" chiese la signora alla reception. Indossava una canottiera bianca che mostrava i tatuaggi sul suo braccio sinistro e sul dorso della mano. "Comunque piacere, sono Anna."

"Becca", ribattei, guardandomi intorno nella grande stanza. "Sono passata solo per dare uno sguardo, posso?"

Onestamente, l'ambiente era molto diverso da

quello che mi aspettavo, e una piccola parte di me si vergognò del mio stesso giudizio. Il locale era elegante, moderno e raffinato. Le pareti erano di color grigio scuro e il soffitto bianchissimo. L'illuminazione gialla e calda creava la giusta atmosfera, con lampade a luce bianca posizionate strategicamente sopra le sedie e i tavoli dove le persone si facevano tatuare. Era pulito, ordinato. I miei occhi vagarono ovunque e, finalmente, trovarono *lui*.

Jake era impegnato a parlare con un cliente mentre spalmava un unguento su un nuovo tatuaggio, per poi avvolgerlo in un involucro di plastica. Pensai di andare da lui e parlargli, ma non volevo interrompere.

"Certo, non c'è problema. Conosci già qualcuno degli artisti?" A quelle parole, girai la testa per guardare Anna. "La maggior parte dei clienti desidera appuntamenti all'ultimo minuto dopo averne conosciuto uno casualmente, quindi l'agenda è abbastanza piena. È un ottimo sistema comunque... una strategia di marketing molto efficace." Entrambe ci scambiammo un sorriso prima di annuire con la testa.

"Infatti ha funzionato con me", concordai con lei. "Ho in mente un disegno, ma sono una frana coi disegni. È possibile parlare con uno degli artisti e fargli disegnare quello che ho in mente?"

Anna sorrise. "Certo! Vuoi dare un'occhiata alle raccolte dei nostri artisti? Sono tutte fantastiche, ma la tua scelta dipende dallo stile e dal design che preferisci."

Non avevo bisogno di dare un'occhiata per capire cosa volessi. *Chi* volessi. "Jake... Jake Huntington", fu la mia risposta immediata. "Voglio lui."

"Mmm... Jake..." si interruppe, spostando la testa per guardare sul computer. "Sfortunatamente è al completo per il resto della settimana. È disponibile giovedì prossimo. Va bene? Avrai tempo per pensare ai dettagli del disegno che desideri."

Non potei fare a meno di sentirmi delusa. Avevo preso una decisione e aspettare una settimana mi avrebbe dato tempo solo per pensare troppo e tirarmi indietro. Non riguardo al tatuaggio, ma riguardo al resto. In quel momento avevo coraggio, ma sarebbe durato? Sarei davvero tornata a dirgli che volevo altro da lui, che volevo più di un semplice tatuaggio? "Quindi è molto impegnato?"

"Sì. La verità è che è bravissimo. Ci mette anima e corpo, è sempre molto attivo, anche se è il proprietario."

Attivo. Benissimo. Volevo fosse *molto* attivo.

"Potrebbe lasciare tutto il lavoro agli altri, ma quello che fa gli piace davvero. Anzi, dire che gli piace è riduttivo."

Becca non poté fare a meno di sorridere. *Quel ragazzo poteva diventare più attraente di così?!* I suoi sguardi erano più che sufficienti, e ora c'era anche la passione per il suo lavoro. *Cazzo*, fu l'unica parola a cui riuscii a pensare.

Forse non sarei riuscita a portarmelo a letto, ma sarei uscita da lì con un tatuaggio.

"Chi è libero per tatuarmi stasera? Non penso di voler aspettare," dissi, sorridendo con imbarazzo.

Sentii la nuca bruciarmi, e, quando mi voltai, Jake mi stava fissando. Respirai con difficoltà di fronte al suo sguardo d'acciaio. Cominciò a camminare verso di me.

CAPITOLO 3

Jake

Becca era lì. Non con un vestitino estivo, ma con un paio di pantaloncini di jeans che a malapena le coprivano il culo e una canottiera di seta azzurra. Santo cielo.

"Bob!" gridò Anna da dietro la scrivania della reception. "Vieni qui! Qualcuno vuole un po' d'inchiostro!"

Fanculo. I miei occhi si spostarono da Becca a Bob un paio di volte prima che si sistemassero su quel tipo alto quasi due metri, che camminava verso Anna e Becca con fare un po' troppo spavaldo. Disse alcune parole ad Anna prima di rivolgersi alla tipetta bruna che conoscevo. I suoi capelli ondulati si poggiavano sulla sua spalla sinistra; il suo tenero mento appuntito aggiungeva la giusta dose di sensualità ai suoi innocenti occhi color nocciola. Non mi sfuggì affatto il modo in cui gli occhi di Bob si muovevano per dare un'occhiata alle sue tette per un secondo. Probabilmente, quando sollevò la testa e gli occhi si posarono sui miei, riuscì a percepire il mio sguardo che voleva incenerirlo.

Vaffanculo. I miei occhi dicevano abbastanza. Lo zittirono, e cominciò a grattarsi la nuca mentre mi avvicinavo a loro.

"Ma che piacere vederti qui", dissi con un sorrisetto malizioso sulle labbra. *Cazzo, avrei potuto passare tutto il giorno a fissarla.* Non era oggettivamente bellissima, ma cazzo, il mio uccello piaceva tanto. E ogni istinto da cavernicolo che fino a quel momento giaceva dormiente ora ruggiva alla vita. Non volevo nemmeno che Bob la guardasse, figuriamoci toccarle la pelle per tatuarla. "Sei sicura di essere nel posto giusto, principessa?"

"Sta' zitto, capo," disse Anna velocemente. "Vuole un tatuaggio da te in particolare, ma sei pieno per tutta la settimana."

La vidi arrossire, distogliere lo sguardo, ma, dopo un attimo, sollevò il mento e incontrò il mio sguardo.

"Mi avevi detto di passare," disse Becca rapidamente, e il mio sorrisetto si allargò all'istante. *Non avrei mai pensato che fosse un tipo che sapesse farsi valere.*

Si vestiva e comportava... beh, cazzo, sembrava proprio un esserino indifeso, e il giorno prima avevo avuto la stessa impressione. Quando l'avevo vista sul lato della strada con le perle e il vestito rosa, intenta a fare del suo meglio per cambiare la gomma, ero facilmente giunto a quella conclusione: era una ragazza carina che aveva bisogno di aiuto.

Poi avevo scoperto che quella *lei* che avevo aiutato non era altri che Becca Madison. Non la vedevo da anni e, in quel lasso di tempo, era cambiata. Tanto. Non era più una bambina. Aveva delle gambe lunghe quanto il peccato e le curve in tutti i posti giusti.

Volevo che fosse lei l'indifesa, perché mi avrebbe cercato qualora avesse avuto un problema. Sì, in realtà stavo sparando cazzate, perché il giorno prima l'avevo incontrata solo per puro caso. Ma non volevo che qualcuno l'aiutasse. Volevo che si rivolgesse a me, che avesse *bisogno* di me. Solo di me.

Ma dopotutto lei *era* una fottuta principessa. La sua dannata macchina costava *più* di centomila dollari. Anche io avevo avuto e guidato veicoli di lusso, quando vivevo ancora con i miei genitori, mantenuto da loro, e dovevo ammettere che mi mancava quel desiderio della velocità. Certo, il mio furgone era pratico, ma non poteva farmi infrangere nessun fottuto record di velocità terrestre in tempi brevi.

Ma comunque non ne valeva la pena per il prezzo che avrei dovuto pagare. E non mi riferivo ai soldi. Mi riferivo al fatto di dover sottostare alla volontà di mio padre. Mi ero allontanato e non volevo tornare indietro. Neanche per un'auto micidiale.

Scossi la testa per interrompere quel pensiero. Perché diavolo stavo pensando a una macchina quando c'era una bellissima donna lì, di fronte a me? Tutti mi fissavano aspettando che dicessi qualcosa, e mi sentivo un idiota. Quella ragazza mi mandava la mente in tilt.

Poi mi concentrai su ciò che Anna aveva detto. Becca era entrata per farsi un tatuaggio. Sentii il mio cuore palpitare. Volevo essere io a toccare la sua pelle, a segnarla. Ma non volevo sporcarla. Le mie mani erano callose a causa del duro lavoro che mi piaceva fare, che si trattasse di aggiustare la mia macchina, esercitarmi nella palestra di casa sopra allo studio o di tatuare. Sentivo che, nel momento in cui l'avrei toccata, la sua innocenza e la sua dolcezza sarebbero svanite all'istante.

Eppure, se non l'avessi fatto, Bob l'avrebbe aiutata con molto piacere. E non gli avrei permesso di buttarmi della merda in faccia.

"Vieni nella stanza sul retro. Disegnerò il tuo tatuaggio lì." Volevo stare da solo con lei. Non sapevo su quale parte del corpo volesse il tatuaggio, ma nessuno avrebbe più visto nemmeno un centimetro della sua pelle. Inoltre, non volevo che nessun altro vedesse la mia erezione. Non appena l'avrei toccata, sarei stato nei guai.

Camminava accanto a me e la lasciai entrare per prima. Sceglievamo quella stanza quando un cliente voleva un po' di privacy – magari per un tatuaggio su una parte del corpo un po' intima o addirittura un piercing.

"Vado a prendere il mio blocco schizzi così ci mettiamo d'accordo sul disegno. Torno subito."

Quando uscii dalla stanza, vidi Anna e Bob guardarmi con sospetto. Risposi con un ghigno prima di precipitarmi nel mio ufficio e prendere le mie cose. Tornai da lei in un battibaleno, mentre lei sembrava accomodarsi sulla sedia.

"Hai già le idee chiare?"

Annuì con la testa, cominciò a sbottonarsi i pantaloncini e tirò giù la zip. "Voglio una farfalla sul fianco... per mia madre. Mi chiamava "la mia piccola farfalla"."

Si dimenò per far scendere i pantaloncini sotto i fianchi e lasciarli lì.

Caaaazzo. Ero sicuro che le sue mutandine rosa acceso sarebbero state la mia morte. I suoi pantaloncini erano stretti e allora sollevò un po' le natiche. *Oh... cazzo...*

"Lo voglio proprio qui." La punta dell'indice si posò leggermente sull'osso del suo fianco. "Farà male?"

Riuscii soltanto a guardare e ancora guardare la carne esposta. Avrei potuto facilmente afferrare la curva della sua anca quando l'avrei scopata da dietro. Il perizoma le copriva il pube, e mi chiesi se fosse bagnato, rovinato dalla sua impazienza, dall'ardente desiderio di essere scopata da me. Di certo non era molto pudica. Grazie al cielo l'avevo portata nella stanza sul retro. Cazzo, se Bob l'avesse vista con gli shorts abbassati, l'avrei preso a pugni.

Mi schiarii la gola, con delicatezza passai il dito sul punto in cui voleva il tatuaggio. Morbido come la seta. Caldo. Sarei venuto come uno stupido adolescente se non mi fossi dato una calmata. "Ricordo tua madre... era... decisamente molto più gentile di tuo padre." Ci scambiammo un sorriso. "Allora, ti sei pentita di venire qui stasera?"

Lei scosse velocemente la testa, guardò il mio dito mentre che si muoveva. "Nah. Voglio solo sapere esattamente a cosa vado incontro. Alcuni miei amici dicono che fare un tatuaggio fa un male cane, altri addirittura si sono addormentati nel mentre."

"Beh, dipende..." Appoggiai il mio blocco schizzi sulla scrivania e mi avvicinai a lei. Premetti ancora una volta due dita sulla pelle, sopra l'osso, e cazzo, stavo facendo del mio meglio per *non* muovere la mano più in basso, per non sentire le labbra della sua figa attraverso il pizzo del suo perizoma, per non sentirne l'umidità.

Qual era il vero cazzo di motivo per cui era venuta qui?!

Feci del mio meglio per tenere a bada i miei grugniti e premetti la parte inferiore del suo busto contro la sedia. Il mio cazzo duro era implacabile, e Becca di certo non aiutava. *Lei* ne era la causa.

"Dipende da dove lo vuoi. Se è vicino a qualche osso, allora sì, è più doloroso, ma sopravvivrai, e puoi dirmi di smettere in qualsiasi momento. Puoi tornare in seguito, venire più di una volta."

Merda. Il pensiero di lei che mi veniva sul cazzo o sulla bocca mi fece emettere un gemito soffocato. E riguardo il venire più volte? Oh sì, assolutamente. Quando me la sarei scopata nel mio letto, si sarebbe dimenticata persino il suo nome.

Riuscivo a percepire la sua esitazione dal modo in cui si mordicchiava il labbro inferiore. Tossii forte per nascondere un altro gemito che minacciava di sfuggirmi. Sembrava così bella e adorabile che volevo solo spingerla contro la sedia e arrampicarmi su di lei, far scivolare i suoi pantaloncini un po' più in basso e scivolare dritto nella sua fessura.

Vaffanculo, disse la mia voce interiore, e mi ricordai subito che le ragazze come lei non andavano mai con ragazzi come me. Non ero abbastanza ricco e spericolato per una come lei. Non avevo futuro davanti a me oltre alla mia piccola attività. Nessun viaggio in Europa, nessun pony di polo. Non mi avrebbe mai portato ai suoi eventi dell'alta società come suo ragazzo. L'avrei soltanto umiliata. Non poteva stare col ragazzo che si era allontanato da tutto.

Ma bando alle ciance. Vuole solo un tatuaggio, non una relazione.

Quel pensiero avrebbe dovuto ammazzare all'istante la mia erezione, ma con i pantaloncini abbassati era impossibile.

"Sei sicura di volerlo fare? Sembri nervosa, "dissi, realizzando che le mie dita erano ancora sul suo osso. Non volevo staccarle. "Prenditi un'altra settimana di tempo per pensarci su e poi chiamami. Mi regolerò in base alla tua disponibilità."

Improvvisamente, la ragazza timida e indifesa di fronte a me scomparve. C'era una luce particolare nei suoi occhi, e una fermezza nel modo in cui mi guardava ora, nel modo in cui spostava i fianchi nella mia mano.

"Io desidero te," disse lei.

Ehm... Ora non riuscivo a distogliere lo sguardo. Di che cazzo stava parlando?

"Io e le mie amiche abbiamo fatto un patto." La sua lingua rosa guizzò fuori per leccarsi le labbra. "Dobbiamo perdere la verginità prima di cominciare l'università. Voglio sia tu. La mia prima volta."

Ma. Che. Cazzo? "Dillo di nuovo, principessa."

"Voglio sia tu la mia prima volta."

CAPITOLO 4

Becca

Non riuscivo a staccare gli occhi da Jake, soprattutto dopo quello che gli avevo appena detto. Era la verità. Volevo davvero un tatuaggio, una farfalla, ma il desiderio di essere scopata da lui veniva prima nella mia lista delle priorità. Gli avevo semplicemente detto quello che volevo e ora stava a lui decidere di darmelo o meno.

L'attesa di una sua risposta sembrava un'eternità, come se tutto andasse a rallentatore. Lo vidi deglutire, il suo pomo d'Adamo si mosse. Feci la stessa cosa, poi inspirai profondamente. Ero stata audace, più audace di quanto non fossi mai stata in vita mia, ma avevo imparato da mio padre che dovevo impegnarmi per ottenere quello che volevo. Dubito che lo pensasse anche per ottenere una scopata con un tipo, ma... chissene. Il mio sguardo si spostò più in basso, scese dal suo collo verso le sue spalle larghe, il busto muscoloso, la vita stretta, fino al rigonfiamento crescente dei suoi jeans. Wow. Il mio cuore batte più forte a quella vista.

Colpito e affondato. L'avevo fatto eccitare stando alle dimensioni del suo cazzo.

Allungai la mano, con cautela e un po' esitante, e avvolsi le dita attorno al suo polso. Avrebbe potuto fermarmi in qualsiasi momento - era molto più forte di me - ma non lo fece. Spostai la sua mano verso il basso, i suoi polpastrelli sfiorarono l'osso della mia anca, scesero più giù, fino a che non planarono sopra la mia figa, poi premettero. *Lì*. Chiusi gli occhi a quella sensazione. Non avevo mai avuto un ragazzo che mi toccasse così prima di allora. Era leggero come una piuma, ma la mia figa sembrava andare in fiamme. Sorrisi un po' quando sentii un gemito sfuggirgli dalle labbra.

I suoi occhi incontrarono i miei, ma lui rimase immobile, mi lasciava muovere la sua mano come volevo sopra i miei pantaloncini. Avrebbe potuto tirarla via, non sarei riuscita a fermarlo. Avrebbe potuto facilmente controllarmi, ma in questo momento mi stava lasciando prendere l'iniziativa. Quale ragazzo non lo avrebbe fatto sapendo che avrebbe avuto un po' di figa?!

Spavalda, tirai completamente giù i pantaloncini per mostrargli il perizoma in pizzo trasparente. "Sono andata a fare shopping oggi," mormorai, alzando gli occhi e osservando i suoi, notando il modo in cui si riscaldavano, la sua mascella, il modo in cui si stringeva mentre mi guardava. Vidi ciò che nessun altro uomo aveva mai visto prima di allora.

Avevo comprato una brasiliana il giorno prima, dopo che mi aveva cambiato la gomma, e dal modo in cui i suoi occhi e il suo grosso rigonfiamento si erano fatti ancora più grandi, capii di aver preso la decisione giusta nell'andare un po' svestita.

"Toccami..." Non mossi la sua mano. A partire da ora, tutto sarebbe dipeso da lui. "Per favore."

Mi fissò con la stessa intensità con cui io fissavo lui, e ad ogni secondo di silenzio che passava, diventavo sempre più umida e calda. I suoi sorprendenti occhi azzurri mi punzecchiavano come se stesse memorizzando ogni mio centimetro. Una parte di me voleva sapere cosa stesse pensando, ma dal modo in cui mi stava facendo sentire, avrei lasciato le chiacchiere per dopo... dopo... dopo che avremmo fatto ciò che volevo facesse.

"Sei vergine," disse, la voce era debole, come se stesse parlando più a se stesso che a me. Le sue dita rimasero immobili, ma potei sentire il loro calore attraverso il sottile strato di tessuto.

Annuii. "Sì."

"Hai già fatto altre cose?" Srotolai le mie dita dal

suo polso, ma la sua mano rimase sulla mia fica. "Sei stata sditalinata?"

Scossi la testa.

"Fatto un pompino?"

Scossi di nuovo la testa.

"Ti hanno mai leccato la figa?"

No, ancora una volta.

"Cos'è che *hai* fatto?"

Il suo sguardo si spostò verso il mio.

Mi morsi un labbro, leggermente imbarazzata. Avevo diciott'anni e ed ero vergine. Una vergine molto *vergine*. Lui era più grande, esperto, mondano. Cazzo, probabilmente tante donne si gettavano ai suoi piedi ogni giorno. Anch'io l'avevo fatto, proprio in quel momento, ma ero un'incapace. Lo stavo facendo nel modo giusto? Perché avrebbe dovuto desiderarmi? Rientravo perfettamente nello stereotipo della "sfigata". All'improvviso sentii come se mi stessi rannicchiando, piegando le spalle in una posizione difensiva. Avevo fatto una cosa stupida. *Io* ero stata sciocca nel fargli una tale richiesta. Ad esporrmi davanti a lui in quel modo. Cercai di alzarmi, ma lui si mosse velocemente, la sua mano libera mi afferrò la spalla per tenermi ferma. Torreggiava su di me. Ero intrappolata, il suo ampio petto molto più largo del mio, le sue braccia grandi e forti per tenermi ferma sul posto. Mi sembrava di non poter sfuggirgli, e mi piaceva quella sensazione. Io ero stata audace all'inizio, ma ora sembrava che lui stesse prendendo il sopravvento.

"Non sei mai stata toccata prima?" chiese, anche se già conosceva la risposta. "Qui?" Le sue dita premettero contro la mia figa, e feci del mio meglio per non contorcermi. "O qui?" La mano sulla mia spalla scivolò più in basso per stringere il seno destro.

Scossi di nuovo la testa, mi morsi di nuovo il labbro. Non ero più rannicchiata, ma con la schiena inarcata così da riempire meglio il suo palmo.

"Vuoi farlo?" sussurrai.

Mi guardò dalla fica fino agli occhi.

"Vuoi toccarmi?"

I bordi delle sue labbra si incurvarono verso l'alto in un sorriso. "Cazzo sì", fu la sua risposta. "Questo?" mi sfiorò il clitoride. "Questa fica è tutta mia." Dopo quelle parole, le sue dita scivolarono sotto il bordo del mio perizoma e mi toccarono davvero. Pur essendo solo un tocco leggero, fu uno shock super eccitante.

"Sei fradicia per me, piccola."

Spinsi la testa all'indietro, chiusi gli occhi. Volevo ricordare quel momento, ogni cosa di quello che sembrava essere piacevole. Da un uomo. Non più dalla mia mano. Saltai un po' sulla sedia, quando le sue due dita pizzicarono leggermente il mio clitoride.

"Rilassati", sussurrò, prima di tenermi contro la

sedia. "Non sentirti nervosa. Sei al sicuro con me. Goditi tutto quello che sto per darti."

Abbassai lo sguardo, vidi il suo braccio tatuato e lo seguii per osservare la sua mano tra le mie gambe, le sue dita scomparire sotto il pizzo rosa. Era così arrapante, essere toccata da un ragazzaccio, gemetti.

"Shh. Il tuo piacere appartiene a me. Solo a me. Non voglio farlo sentire a nessuno."

Senza sprecare nemmeno un secondo, spinse il top sopra il mio seno e sganciò con disinvoltura la chiusura anteriore del mio reggiseno. Aprii gli occhi e lo guardai, mentre la sua testa si abbassava per librarsi sul mio capezzolo teso. I suoi occhi incontrarono i miei, per un secondo, prima che schiudesse le labbra e si portasse la punta in bocca.

"Oh... sì... Ry-an..." Stava diventando sempre più difficile per me cercare di formulare una frase sensata o rimanere tranquilla. Non riuscivo a parlare correttamente. *Cazzo*. E non ci tenevo a farlo. Jake mi aveva detto di rilassarmi e di godermi semplicemente il momento, e l'avrei fatto assolutamente. Strinsi ancora di più gli occhi mentre assaporavo quella sensazione, mentre i capezzoli mi venivano succhiati e contemporaneamente la mia figa veniva toccata. Inspirai bruscamente ed emisi un lieve gemito, quando fece scivolare un dito al mio interno e cominciò a muoverlo dentro e fuori, imitando il movimento che volevo facesse col suo cazzo. Inarcai la schiena staccandola dalla sedia, cercando di far andare il dito più in profondità con una spinta dei miei fianchi. Lo sentii fare una breve risata, e mi colse impreparata quando infilò un altro dito dentro.

"Sei così stretta. Proprio come una vergine."

"Ah... Vai..." Respirai, più forte questa volta, quando cominciò a muovere la mano sempre più velocemente. Non potei fare a meno di aprire gli occhi, e lo guardai mentre continuava a succhiarmi il capezzolo. Staccò la bocca dal mio petto e alzò lo sguardo verso di me.

"Sei così fottutamente bagnata... e stai diventando anche un po' rumorosa," disse, sorridendo sempre di più. "Immagina solo quando avrò il mio cazzo dentro di te. Questa piccola fica stretta verrà squarciata in due, tesoro. Io ce l'ho grande e questa figa... ho intenzione di coccolarla per bene. Non preoccuparti, ci entrerò... alla fine."

"Sì... sì, ti prego..." Spinsi i miei fianchi cavalcando il piacere. Le porcate che aveva detto mi avevano soltanto spinto al limite dell'eccitazione. "Non voglio più essere vergine."

"Sei avida, non è vero?" Si lasciò sfuggire uno schiocco di lingua e scosse la testa. "Hai bisogno del mio grosso cazzo, vero? Dovrai solo essere paziente," disse, continuando a sditalinarmi, mentre sfregava il clitoride con il pollice. "Non sarò la tua prima volta sul retro di un negozio di tatuaggi. Voglio regalarti un'esperienza indimenticabile... e quando lo farò, durerà tutta la notte."

Guardò il mio corpo e si concentrò sulla mia figa, osservando le sue dita affondare più e più volte. Il pollice esercitava pressione sul mio clitoride, stavo per venire. Ma questo era molto meglio di tutti gli orgasmi che mi ero data da sola.

È...? Sto per...?

Non potevo più controllare i miei lamenti, né la frequenza né il volume. Lo prese come un segnale per muoversi più velocemente e scavare più a fondo dentro di me, finché non dovetti afferrare i suoi bicipiti per evitare di volare via.

"Oh Dio... Jake... Sto per..."

Fu allora che raggiunsi il punto di rottura, cavalcando le sue dita, cedendo al piacere. Non avevo idea che sarebbe stato così, che ci fossero dei punti in profondità, dentro di me, che potessero rendere l'orgasmo incredibile. Riuscivo a malapena a riprendere fiato mentre le sue dita cominciavano a rallentare i loro movimenti. Dopo un po' trovai l'energia per aprire gli occhi, i quali si concentrarono prima sulla sua mano, fradicia dei miei liquidi, e poi su di lui che se la portava alla bocca, succhiando ogni dito.

"Sono quasi venuto nei pantaloni ascoltandoti," disse, ridacchiando un po'.

"Beh, non possiamo permettere che succeda," dissi, un po' timida. "Voglio farlo di nuovo, ma questa volta con il tuo cazzo dentro di me. Mi hai detto..."

"Non ho detto solo di rilassarti?!" Disse in tono canzonatorio. Sorrise mentre si sistemava, mentre metteva a posto la trave d'acciaio che gli stava praticamente strappando i jeans. *Quella cosa* ci sarebbe entrata? "Più tardi. Quando potrò averti con calma nel mio letto e non dovrai andartene."

Annuii con la testa, sorrisi. La mia figa si irrigidì ansiosamente al pensiero di ciò che sarebbe successo. "Ma voglio ancora il tatuaggio, dico davvero."

Emise un ghigno divertito. "Certo, ma non penso sia la tua priorità al momento. Lo è? La tua fica è ancora vogliosa?"

Mi morsi il labbro, annuendo. Ciò che aveva appena fatto mi rendeva solo più desiderosa.

Mi aiutò ad alzarmi, dandomi uno schiaffo sul culo. "Più tardi. Sicuramente più tardi."

CAPITOLO 5

Jake

Non sapevo cosa stessi davvero mettendo KO, le mie fottute nocche o il sacco da boxe. In quegli ultimi quindici minuti mi ero allenato senza sosta. Prima o poi avrei cominciato a sanguinare.

A che cazzo stavo pensando?

Poche ore prima non avrei mai e poi *mai* immaginato di poter toccare Becca... per il suo bene. Era come la porcellana infrangibile, immacolata e fragile, e io ero il cattivo ragazzo. Ero tutto ciò che non andava bene per lei. La mia famiglia mi aveva rinnegato. Non frequentavo i piani alti della società. Avevo dei tatuaggi. Ero soltanto pericoloso per lei. E l'avevo sporcata. Le avevo fatto un bel ditalino e l'avevo sporcata tutta.

E lei l'aveva adorato.

Avevo visto l'espressione sul suo viso quando era venuta per un uomo durante la sua prima volta. L'aveva fatto grazie a me. Per me. I suoi occhi erano chiusi, ma la bocca era rimasta aperta, gemiti di piacere le sfuggivano da quelle labbra carnose. Avrei dovuto coprirle la bocca, baciarla o qualcosa del genere, perché era impossibile che nel salone dei tatuaggi non l'avessero sentita. Forse era arrogante da parte mia, ma comunque una donna che gemeva era sempre un distintivo d'onore.

Ma lei non era solo un'avventura ed ero fottutamente sicuro di non voler condividerla con nessuno.

Semplicemente, c'era qualcosa in Becca. Era come una droga. Anche solo la sensazione della sua figa vergine che mi scricchiolava sulle dita mi ipnotizzava. Eppure, non potevo averla. Era una fottuta principessa. Il suo progetto di vita era già stato deciso. Con il sostegno e il denaro della sua famiglia, avrebbe sicuramente avuto un futuro luminoso e di successo. Era bellissima, intelligente e ricca – una combinazione letale. Di certo io non le avrei fatto del bene.

Ma lei aveva apertamente detto di desiderare me. Era venuta da me. E poi era venuta su tutta la mia mano.

Mi voleva per il sesso. Se voleva adescarmi e usarmi per provare un grosso cazzo, prima di calmarsi e continuare con del sesso dolce e affettuoso per il resto della sua vita, per me era OK. Ma a quanto pareva ero irrazionalmente possessivo. Una volta che mi sarei infilato in quella figa stretta, che il mio cazzo sarebbe stato ricoperto del suo dolce miele e avrei sfondato quella patatina, allora sarebbe stata solo mia.

Fanculo. Perché non riuscivo a smettere di pensare a lei? Smisi di allenarmi e mi diressi verso la doccia.

Becca era solo una ragazzina, una vergine... una ragazzina vergine che mi aveva detto chiaro e tondo che voleva che la scopassi. Come si poteva essere così innocenti e allo stesso tempo così sexy?! La sua fottuta carta vincente era questa: non sapeva di essere attraente, di avere fascino. Non sapeva di avere una forte passione. Passione che io avevo risvegliato.

Scossi la testa e chiusi gli occhi. *Quei pensieri* non aiutavano. Dovevo smetterla di fantasticare su di lei. Stava risucchiando tutte le mie facoltà mentali, dovevo darci un taglio. *Svegliarmi*. Non ero più un adolescente eccitato. Avevo ventiquattro anni e tatuaggi dappertutto. Mi rendevano 'pericolosamente sexy', o almeno così mi avevano detto. Avrei potuto tranquillamente fare sesso con donne più esperte. Cazzo, dovevo solo tirare fuori la cella per un numero indefinito di donne in fila per me, che si sarebbero messe in ginocchio e me l'avrebbero succhiato. Dovevo smetterla di pensare a Becca... e ai suoi capelli castani ondulati, al mento appuntito e ai suoi innocenti occhi color nocciola. Ai suoi capezzoli rosa e al modo in cui si erano induriti contro la mia lingua, alla sua figa quasi illegale e al modo in cui, venendo, aveva fatto tutto tranne che distruggermi le dita. Al suo sapore mentre mi leccavo i suoi succhi dalle dita. Al suo odore che persisteva ancora.

Fanculo. *Fanculo*. SMETTILA!

Sapevo cosa dovevo fare.

Avrei pensato a lei per qualche altro minuto, poi mi sarei fermato del tutto. Aprendo la doccia, aspettai che l'acqua diventasse rovente, poi mi misi sotto il getto.

Un gemito mi sfuggì quando le mie dita afferrarono il mio uccello e iniziarono a muoversi su e giù. Chiusi gli occhi, ricordando ciò che era successo. Dopo questo... dopo averci dato dentro, avrei potuto smettere di fantasticare su di lei e sulla sua dolce figa bagnata.

Cazzo. Lo sentivo diventare ancora più duro, ricordando come le allargava le gambe mentre la toccavo. Era stretta, e se il mio cazzo fosse entrato lì... non potei fare a meno di sorridere. Non vedevo l'ora che arrivasse quel momento. Si era già bagnata tanto solo col ditalino. Volevo sentire la sua figa serrarsi attorno al mio cazzo pieno di sperma e mungerlo, drenare le mie palle prosciugandole. Volevo sentirla gemere e guardarla chiudere gli occhi per il piacere. Volevo urlasse il mio nome, solo il mio nome. Volevo che le sue unghie scavassero nella mia schiena, lasciandomi i segni, così come io avrei lasciato un segno dentro quella figa sfondata.

"Cazzo... sì..." gemetti, stringendo la presa sul mio cazzo e muovendo la mano molto più velocemente. "Becca... cazzo... sì..."

Immaginai di spingere insistentemente dentro e poi fuori dal suo corpo. Era di nuovo sdraiata sulla poltrona, nel mio salone di tatuaggi, ma questa volta ero completamente sopra di lei e le sue gambe erano avvolte intorno alla mia vita. Le sue dita erano proprio sul mio culo, mi tiravano più vicino a lei, come se potessi andare più a fondo.

Un ringhio simile a quello di una bestia mi sfuggì, mentre mi sentivo sul punto di venire. *Spingi più forte. Spingi più veloce.* Venendo battei il palmo sul vetro della doccia, il mio liquido cremoso si mescolò con l'acqua calda e fumante.

Fanculo. Quel pensiero fisso non si sarebbe fermato. Il mio cazzo era ancora duro e sapevo che sarebbe rimasto così finché non l'avrei posseduta. Dopo l'orgasmo, avrei dovuto smettere di fantasticare su una diciottenne vergine. Smettere di pensare di voler scopare una principessa ricca e viziata che non avrei mai potuto ottenere. Mi sarei dovuto rendere conto di quanto fosse sbagliata quella situazione. Ma non riuscivo ad evitarla. L'avrei avuta. Il mio uccello voleva quel che voleva.

Anche lei ti vuole. Ti ha detto di desiderarti, di voler dare a te la sua verginità. Potevo possederla. Me lo aveva detto lei. Su questo non ci pioveva, ma io volevo tenerla. Volevo che nessun altro la possedesse, nemmeno che la toccasse. Volevo che fosse tutta mia e... ero troppo testardo e stronzo per lasciarla andare. Tuttavia avrei fatto in modo che amasse ogni centimetro del mio cazzo mentre l'avrebbe riempita e sfondata.

―――

Becca.

Basta coi ripensamenti.

Dopo aver lasciato il negozio di tatuaggi, trascorsi le restanti ore a fare shopping. Non riuscivo a smettere di pensare a quanto Jake fosse stato coinvolto, toccandomi con esperta precisione fino al mio orgasmo. Allora, proprio allora, aveva detto che avrebbe voluto allargarmi per bene durante la mia prima volta. La maggior parte dei ragazzi mi sarebbe saltata addosso e mi avrebbe semplicemente scopato lì sulla sedia.

Dio, sembrava che l'avessi colpito con una mazza quando gli avevo detto di essere vergine e intoccata. Era come se fossi un unicorno, una scoperta rara. Io e le mie amiche avevamo fatto un patto per perdere le nostre verginità perché al college c'era un specie di pregiudizio sulle vergini. I film e i media dicevano abbastanza, ma sembrava che Jake preferisse il contrario, che apprezzasse la mia verginità.

Ma se gliel'avessi data, allora avrei dovuto fargli perdere la testa. O almeno il suo sperma, dritto dentro di me. Dio, quell'unico orgasmo mi aveva fatto eccitare. Andai a comprare un prendisole bianco e un paio di sandali coordinati. L'abito, senza nemmeno un segno o un ricamo, era abbastanza adatto per simboleggiare la purezza. Perché io ero pura... *no*? Pura, tranne per il ditalino sul retro di un negozio di tatuaggi. Volevo sembrare innocente all'esterno, per tutti quelli che mi guardavano da fuori, ma impertinente per Jake, col mio intimo rosso fuoco coordinato che soltanto lui avrebbe potuto vedere. Il completino era in pizzo, e avevo letto da qualche parte che il rosso era il colore che faceva eccitare gli uomini.

Ma ora, seduta di fronte a Jake, cercavo di non corrugare la fronte. Non volevo pensasse che non mi stessi godendo la cena: bistecche e verdure. La adoravo. Si era impegnato tanto e aveva cucinato per me. Ero solo delusa dal fatto che forse avevo un po' esagerato col look innocente. Stavamo mangiando e parlando da più di un'ora, e non aveva mai accennato a ciò che era successo nella stanza dei tatuaggi, e nemmeno al motivo per cui ero andata a casa sua. Non aveva gettato piatti e posate sul pavimento sbranandomi come carne fresca. Non aveva fatto nient'altro che essere un gentiluomo.

"Becca, tutto bene?"

Merda. Mi ero inabissata troppo in quei pensieri.

"Ehi, scusa..." risposi, spostando gli occhi dal mio piatto per incontrare i suoi color azzurro. "Mi sono distratta un attimo. Questa bistecca è deliziosa."

Se c'era una cosa che avevo imparato dall'andare alle cene di lusso con mio padre, questa era come gestire e mandare avanti una conversazione. Non volevo che Jake pensasse che non lo stessi ascoltando, perché la verità era che non facevo altro che pensare a lui.

"Bene. Posso farla di nuovo la prossima volta, o pensi che dovremmo variare di tanto in tanto?"

I miei occhi si spalancarono.

Intendeva che...?

"Non mi prenderò quella patatina per poi sparire, tesorino," disse, e immediatamente sentii la mia figa stringersi in anticipo. Ricordai improvvisamente ciò che era successo poche ore prima, il modo in cui mi aveva toccato e aveva giocato con il mio clitoride. Non me l'aveva nemmeno leccata, né fatto sesso con me, ed era già riuscito a farmi venire. Per ora potevo soltanto immaginare, fantasticare su come sarebbe stato fare sesso con lui... per ora.

Ancora un po' di tempo e non avrei più fantasticato... avrei *davvero fatto sesso* con lui. "Voglio fare sesso con te tutte le volte che voglio."

Più parlava e più la mia eccitazione e la mia umidità aumentavano. Quello che mi stava dicendo era come musica per le mie orecchie. Non avevo programmi per l'estate. Volevo solo prepararmi per il college e cambiare la mentalità di mio padre che voleva costringermi a fare affari. Ero pronta per un'estate noiosa, mentre alcuni dei miei compagni di corso avrebbero fatto dei mega viaggi all'estero per la fine della scuola. Ero pronta a sbizzarrirmi con la mia infinita lista di serie TV, con lo shopping e con la ricerca di un ragazzo in città con cui fare sesso.

E stavo per ottenere molto più di quanto mi aspettassi e desiderassi.

"Cosa... vuoi dire?" dissi lentamente. Lo sguardo nei suoi occhi mi suggeriva che c'era qualcosa di più in quelle sue parole.

"Trasferisciti da me... per un mese."

Rimasi in silenzio, elaborando quella proposta nella mia testa. Sapevo che mio padre aveva in programma molti viaggi per lavoro, uno dopo l'altro.

Sarebbe stato fuori città o fuori dal paese più di quanto sarebbe stato a casa. Potevo farlo senza problemi - stare da Jake - e quando mio padre sarebbe tornato a casa, avrei potuto semplicemente dirgli che dormivo da Jane, o da Mary, o da qualche altra amica.

Così, feci di sì con la testa. Sembrò sorpreso da quella mia risposta veloce e decisa.

"Significa che faremo sesso in qualsiasi momento... quando e dove voglio."

Il mio cervello mi segnalò che, a quel punto, i campanelli d'allarme avrebbero dovuto suonare, ma la mia figa si stringeva ancora di più. Ero così eccitata dalle sue richieste e dal suo modo di guardarmi e parlarmi con tono possessivo. Avevo sempre pensato che gli uomini dai venti ai trent'anni fossero fuori dalla mia portata perché più maturi e per niente interessati ad una vergine inesperta. Ma ora, guardando Jake, stavo cominciando a rendermi conto mi sbagliassi. Il suo istinto animale che mi voleva tutto per sé mi stava facendo sentire meglio e mi stava facendo accantonare le mie insicurezze. Anche il modo in cui aveva guardato, prima, nel suo salone di tatuaggi, quando gli avevo detto che nessun altro mi aveva mai toccato... c'era un fuoco nei suoi occhi, come se non avrebbe mai permesso a nessuno di farmi quello che aveva appena fatto e stava per fare con me.

"E non useremo i preservativi. Voglio che il mio

cazzo senta la tua fica, proprio come l'hanno sentita le mie dita poche ore fa. Devi prendere la pillola."

Il mio sorriso divenne ancor più ampio. Prendevo la pillola da due anni per regolarizzare il ciclo. Ero pronta. Non potevo aspettare ancora per molto.

"Già la prendo. Sono pronta."

CAPITOLO 6

Becca

Ero un fascio di nervi. Era arrivato il momento. Finalmente sarebbe successo. Stavo per fare sesso. E la mia prima volta sarebbe stata con *lui*.

In un attimo, fui tra le braccia di Jake, mentre lui mi portava al suo letto. Mentre le mie mani stringevano forte le sue spalle, le mie viscere sembravano sul punto di esplodere per l'eccitazione. Il petto e le spalle erano ampi, sodi e muscolosi, così come il resto del suo corpo. Non potevo credere che avrei fatto sesso con *lui*. Non avrei potuto trovare e scegliere un ragazzo migliore. Sembrava impossibile da raggiungere. Con un'aura così pericolosa e da duro mi scoraggiava al punto che, davanti a lui, mi sentivo stupida e inesperta. Io avevo otto anni in meno, ed ero vergine. Lui aveva l'aspetto e il corpo di un modello, e l'esperienza per cui ogni ragazza sarebbe impazzita. Era il tipo di ragazzo che, se lo incrociassi per strada, inizieresti a fare immediatamente pensieri sporchi.

E ora stavo per scatenarmi e sporcarmi *con lui*.

Non riuscii a trattenere il sorriso che mi spuntò. Probabilmente lo percepì, quando girò la testa per guardarmi.

"Eccitata?"

Proprio quando stavo per rispondere, mi lasciò cadere sul letto, e non potei fare a meno di gridare.
"Jake!"

Una risata gli sfuggì dalle labbra, mentre si arrampicava su di me e iniziava ad esplorare il mio corpo con gli occhi e le mani. Il mio respiro si fece più intenso, quando sentii la sua mano sfiorarmi il collo, la curva della mia vita e poi l'interno della mia coscia. Quindi, mosse le sue dita nella direzione opposta - in alto - finché non strinse una guancia e mi guardò negli occhi.

"Sei così, così bella..."

Riuscii soltanto a curvare le mie labbra in un sorriso. Il modo in cui mi guardava mi lasciava senza parole. C'erano così tante cose che potevo e volevo dirgli - quanto fosse eccitante, quanto fossi impaziente, quanto fossi incredula al pensiero che davvero volesse fare sesso con me - ma in quel momento, proprio non ci riuscivo. I suoi penetranti occhi blu mi guardavano tanto intensamente da congelarmi; avevo paura di fare una mossa sbagliata che gli avrebbe fatto cambiare idea e lo avrebbe fatto andare via.

Ma prima di impanicarmi, Jake mise una mano sulla mia vita con decisione e fece schioccare le sue labbra contro le mie con impazienza. I miei occhi si spalancarono, realizzarono ciò che stava accadendo prima che li chiudessi e mettessi da parte le mie preoccupazioni. Era inutile pensare troppo e preoccuparsi di ciò che stava pensando o di quello che stavo facendo. Avevo solo bisogno di lasciar andare le mie inibizioni e confidare nel fatto che le mie aspettative, basate su tutto il porno che avevo visto, non sarebbero state deluse.

Iniziai a muovere le labbra contro le sue, prima con lentezza e fluidità, finché non lo sentii baciarmi più forte. Poi, la sua lingua mi morse il labbro inferiore prima che io spalancassi la bocca, la mia lingua incontrò la sua. La sua mano si spostò su e giù lungo il mio fianco mentre l'altra era ben stretta alla sua nuca. Dopo un po' si staccò e cominciò a piantare una scia di morbidi baci lungo la mia mascella e poi sul mio collo.

"Cazzo," respirai mentre mi mordeva la curva del collo e cominciava a leccare e baciare. Non avevo mai provato quella sensazione prima, ed era fantastica. Se solo il bacio sul collo mi faceva sentire così, non vedevo l'ora di sentire cosa si provasse a scopare. "Così, così... bello."

"Sapevo che ti sarebbe piaciuto," disse, allontanandosi ancora una volta per un secondo, prima di tornare ad esplorarmi. "Non posso smettere di toccarti... sei davvero, davvero..."

"Sono tutta tua," dissi, trovando il coraggio di pronunciare quelle parole. Secondo dopo secondo diventavo più calda e umida, e speravo che la mia impazienza non fosse palese. Tutto quello che volevo era vederlo nudo e averlo dentro di me. Sentivo che, se avesse continuato coi preliminari, sarei esplosa e non avrei avuto energia quando ce ne sarebbe stato bisogno. Solo il modo in cui mi baciava e mi toccava mi faceva sentire calda e priva di forse. Non volevo deluderlo quando sarebbe arrivato il momento.

Mi aveva promesso la migliore "prima volta"; e quella sera anch'io volevo dargli un'esperienza altrettanto bella.

"Ti piace questo?" chiese con un ghigno, afferrando un seno mentre la sua mano incontrava il tessuto fragile del mio prendisole. "E questo?" Un solo dito si allungò sul pizzo delle mie mutandine, coprendomi la fica, e tutto ciò che potei fare fu annuire con la testa per l'entusiasmo. "Cosa ne pensi di questo?"

Prima che me ne accorgessi, mi strappò il vestito a metà, mi sganciò il reggiseno e poi chiuse le sue labbra attorno al mio capezzolo, mentre due delle sue dita iniziarono a strofinare le mie mutandine. Inarcai le spalle staccando la schiena dal letto, non l'avevo mai provato prima. Mi ero toccata molte volte in quelle zone, ma il fatto che lo facesse qualcun altro mi sembrava così, così diverso e... molto meglio.

Mi abbassai e morsi - forte - sulla pelle della sua spalla quando sentii il suo dito disegnare cerchi invisibili sul mio clitoride. I miei respiri si fecero più forti e più rudi; le mie unghie si conficcarono nella sua pelle, e la mia figa si strinse più forte. Come se non lo avesse già fatto abbastanza. Con una mano mi tolse le mutandine prima di infilarmi un dito dentro, e io spinsi la schiena in alto ad arco quando diventarono due. Chiusi gli occhi quando cominciò a muovere la sua mano, le dita dentro di me, il suo pollice che massaggiava il mio clitoride, e la sua bocca che leccava e mordeva il mio seno sinistro. Quel sovraccarico di piacere - era la cosa migliore di sempre, e non era ancora il sesso vero e proprio. Avevo cominciato a spingere i miei fianchi; non ne avevo mai abbastanza, e quando spinsi l'intero torso più in alto in modo che le sue mani potessero scavare più a fondo dentro di me, sentii l'eccitazione crescere.

Quel ritmo così veloce e intenso? Non potevo non pensare a questo mentre continuava a muovere le dita dentro e fuori, ad ogni secondo i movimenti diventavano più veloci. Sapevo che stavo per venire. Non riuscivo a credere che avesse il potere di farmi venire così in fretta. Io non ci sarei mai riuscita da sola.

"Cazzo, Jake... sto per venire... sto per venire..."

"Vieni sulla mia mano... fallo", disse, spostando la sua bocca dal mio seno alle mie labbra. Emisi un gemito soffocato, le sue labbra bloccano le mie, mentre sentivo la diga cedere dentro di me, e il mio liquido ricoprì le sue dita. La sua mano continuò a muoversi, questa volta però più lentamente, mentre la mia testa cadeva sul letto, e provavo persino a respirare.

"Jake... è stato..." Piantò un rapido bacio sulle mie labbra prima di allungare la mano verso il suo comodino e aprire il primo cassetto. I miei occhi si spalancarono quando tirò fuori un vibratore. "Ma sono appena..."

"E allora?" Il sorrisetto sul suo volto era inconfondibile. Mise il vibratore sul letto, si alzò e cominciò a spogliarsi. Mi fece solo rendere conto di essere completamente nuda, mentre lui non si era ancora tolto un singolo capo d'abbigliamento. Quell'idea mi fece sentire di nuovo tutta eccitata. Il fatto che fosse vestito mentre io ero completamente nuda era solo una dimostrazione di potere estremamente sexy. Ora però, mentre fissavo i suoi lineamenti scolpiti e i muscoli che definivano ogni centimetro della sua pelle, ero di fronte ad un altro livello di sensualità e potere. Erano sensualità e potere conquistati attraverso il duro lavoro, e io non riuscivo a smettere di guardare. E poi raggiunse il vibratore e lo accese.

"Non sei l'unica a fare shopping. Ora verrai su tutto il mio cazzo."

Jake.

Osservai i suoi occhi allargarsi, e non potei fare a meno di arricciare la punta delle labbra in un sorrisetto fiducioso. Poi, inclinai la testa verso il basso e ammirai la vista davanti a me. Il mio uccello era arrossito dal suo sperma; era duro, completamente eretto e pronto per lei. Mi sentivo come se fossi in paradiso, il paradiso che avevo sempre sognato, al pensiero di averla fatta venire due volte in pochi minuti. Ero stato con altre donne che non erano mai venute. Ero stato con un paio che avevano finito appena avevo infilato il dito o il cazzo, senza che li muovessi ancora. Il corpo di Becca sembrava perfetto per il mio, e lo amavo.

"E ora..." I suoi occhi si fecero più grandi mentre posizionavo la punta del mio cazzo proprio sul suo ingresso. Le sue gambe si erano spalancate per le mie dita, per la bocca e il vibratore. Era pronta; riuscivo a vedere le labbra della sua figa pulsare, stringersi e poi rilassarsi per l'eccitazione, per quello che stava per accadere.

"M-ma sono appena venuta!" Gridò quasi, sollevando la schiena dal letto per accorciare la distanza del nostro contato visivo. "Jake, non so nemmeno se riusc..."

La baciai forte per farla tacere, e lei rispose con entusiasmo dandomi un altro bacio.

"Rilassati, sono qui... non ho solo promesso di far durare la tua prima volta il più possibile, ma ti ho anche detto che ti avrei dato il miglior sesso della tua vita."

"Esattamente! Come possiamo avere il miglior sesso se mi sento così stanca dopo aver fatto così poche cose!" A quelle parole, la vidi arrossire sulle sue guance. Trovavo la sua risposta e la sua reazione così carine, e il mio uccello acconsentì con una sola pulsazione, toccando per un attimo il suo clitoride.

"Becca, andrà tutto bene. Rilassati e non pensarci troppo... " la rassicurai. Questa volta, le baciai la fronte. "Il sesso non è come a scuola, dove dobbiamo seguire dei piani precisi e prepararci per tutto... dove indossare un paio di calzini sbagliato potrebbe mandarci all'ufficio del preside. Sesso significa imparare insieme. Possiamo semplicemente essere... noi stessi."

Al che si zittì e increspò le labbra. Sembrava stesse riflettendo a fondo su quelle parole fino a quando, finalmente, mi guardò e annuì con la testa. Dopo un secondo o due, espirò profondamente e mi guardò con fare impaziente. Mentre spingevo dentro di lei, inclinai la testa verso il basso per incontrare le sue labbra. Sapevo che le avrebbe fatto male, così la baciai per distrarla dal suo imene che si spezzava. Era molto soffice, proprio come le sue labbra; avrei potuto baciarle tutto il giorno, tutti i giorni. Improvvisamente sorrisi contro il bacio mentre ricordavo il nostro accordo. Sarebbe venuta a vivere da me per un mese intero e avrebbe fatto sesso su mia richiesta. Non riuscivo a trattenere quell'improvviso istinto animalesco. Tutto di lei era stupendo - il suo aspetto, il modo in cui si muoveva e parlava, e *scopava*...

Quando sentii il calore delle sue viscere chiusi gli occhi. Gemetti quando sentii che stringeva le sue pareti interne.

"Rilassati... andrà tutto bene... lo faremo lentamente", dissi, continuando a baciarla.

Quando non potei andare oltre, cominciai a muovere i miei fianchi su e giù. Iniziai lentamente - come le avevo detto che avrei fatto - e aprii gli occhi per assicurarmi che non provasse alcun dolore. Sembrava che mi stesse accogliendo bene. Mi sentivo un po' a disagio per la forza con cui teneva chiusi gli occhi, ma non mi stava dicendo di fermarmi. *Bene*. Poi quando sentii che iniziava a dondolare i fianchi per incontrare i miei, accelerai un po' la spinta, e poco dopo presi a muovermi con decisione, come se dipendesse dalla mia vita, riuscivo a sentire lo sperma salire dentro di me.

Cazzo sì.

Rallentai gradualmente fino a quando non mi rimase altro da fare che estrarre il mio cazzo, e vidi il mio liquido cremoso gocciolare e allagare la sua figa. Inclinai leggermente le labbra verso il basso alla vista del sangue, e non ci pensai due volte a prenderla tra le mie braccia e a dirigermi verso il bagno. La appoggiai sulle piastrelle fresche prima di aprire la doccia e lasciare che l'acqua lavasse via il nostro sudore e il suo sangue.

"È stato... fantastico..." disse mentre le insaponavo e massaggiavo la figa. La guardai un po' e notai che era pulita, non c'era più traccia di rosso. *Ottimo.* "Grazie..."

"Chi ha detto che abbiamo finito?" Il sorrisetto tornò mi spuntò di nuovo sul viso.

"Intendi..."

"Era solo l'inizio." Per rendere più chiaro il concetto, sollevai le dita dalle labbra della sua figa per arrivare al suo clitoride. Mentre muovevo la mano in un moto circolare, riuscii a sentire il suo corpo appoggiarsi al mio, la sensazione stava diventando troppo intensa per riuscire a farla rimanere in piedi. Roba che mandava il mio ego al settimo cielo. Ogni suo aspetto era... non trovavo le parole. "Sei tutta mia ora... per trenta giorni... ho intenzione di utilizzarli al meglio, e tu..."

La stavo guardando dritto negli occhi.

"Non sei mai stata toccata... non sei mai stata scopata." Avvolse il braccio attorno alle mie spalle, mentre una mano si muoveva per soddisfare la mia crescente erezione. "E io sono l'unico che può toccarti e scoparti così divinamente da farti urlare."

CAPITOLO 7

Jake

Era passata una settimana da quando avevamo stretto l'accordo, una settimana da quando si era trasferita da me. Sapevo di doverne uscire se volevo salvarmi. Dover uscire da... *questo*. Non volevo ammetterlo, ma mi stava dando un calcio dritto nelle palle.

Mi stavo innamorando di lei.

Tutto di lei mi attirava e quasi mi misi a ridere a crepapelle a quell'idea. Era l'incarnazione della società che odiavo e a cui avevo voltato le spalle. Era la figlia di papà che otteneva tutto ciò che voleva e di cui aveva bisogno. Non aveva mai dovuto lavorare nemmeno un giorno nella sua vita, non sapeva cosa significasse cercare di arrivare a fine mese; era il tipo di ragazza che spendeva migliaia di dollari per un solo pomeriggio di shopping. Non usciva mai dal mio appartamento senza trucco. Quando le avevo proposto di fare un'escursione, si era presentata con un prendisole e delle ciabatte di gomma. Era così, *così* ingenua. Avrei dovuto ridere di lei. Invece mi ritrovavo sempre a ridere *con* lei.

Era ingenua, ma era la persona più compassionevole che avessi mai incontrato. Quando una volta, a letto, le raccontai di come avevo perseguito la mia passione invece di seguire il piano di successo di mio padre, lei era tutta orecchie e faceva tantissime domande, dimostrando sincero interesse per la mia vita - la mia vita, che non era il tipo di vita che lei meritava. Non potevo portarla nei migliori ristoranti della città. Dovevo pagare le bollette per il mio appartamento, il mio negozio di tatuaggi e il personale. Eppure lei chiese di cucinare insieme. La sua scusa era che voleva imparare prima dell'inizio del college, e apprezzai tanto questo suo gesto. Ero uscito con ragazze che continuavano a chiedere, esigere e poi pretendere sempre di più. Ma Becca, che aveva il diritto di esigere il tipo di vita che le veniva data, non chiedeva mai nulla... tranne che per il sesso. Mi aveva chiesto di portarle via la verginità, e io l'avevo prosciugata nel migliore dei modi.

L'avevo conosciuta come vergine, ma nell'arco di una settimana aveva imparato ed era cresciuta tanto; entrambi stavamo imparando cose nuove *insieme*. Lei mi aveva mostrato le parti del corpo in cui amava essere toccata e soddisfatta; io le avevo detto come avrebbe potuto migliorare nei lavori manuali - una presa più stretta. Era sempre disposta ad imparare, dentro e fuori dalla camera da letto, e solo la sua curiosità per la vita, e in particolare per me, mi stava facendo precipitare in un abisso da cui sapevo di non poter risalire.

Volevo che fosse completamente mia; non volevo che l'avesse qualcun altro; la volevo tutta per me, tanto da voler marchiarla... in modo permanente. Volevo disegnare un capolavoro permanente su di lei, un capolavoro che avrebbe detto al mondo che era mia. Era un pensiero così pericoloso, e quasi sorrisi in modo ironico. La gente mi diceva sempre che ero un uomo pericoloso, lo dicevano per via dei tatuaggi. Stavo imparando ora che le ragazze vergini in abitini rosa e sandali di raso potevano essere ugualmente pericolose.

"Ti piace, eh?"

La sua voce soave e femminile cancellò immediatamente il mio pensiero, e misi da parte la macchina e l'ago. Cercai di darmi un promemoria fra me e me per riprenderli più tardi. Se avessi lasciato l'ago troppo a lungo, non sarebbe stato bello continuare ad usarlo.

"Hmmm?" dissi, sporgendomi dalla sedia e inclinandomi verso di lei per un rapido bacio.

Allora tornai al mio posto e la ammirai. Si stava

facendo tatuare l'osso dell'anca, ma era completamente nuda sulla sedia. Sapevo che avrei dovuto concentrarmi solo sulla sua anca, ma ero così tentato di ignorare l'osso e di entrare nella figa, non con l'ago, naturalmente – ma col mio dito. Ancora meglio, col mio uccello.

"Quando gioco con i tuoi capelli", rispose prontamente, e mi imposi di tenere a bada la sensazione pulsante nei miei jeans. L'erezione avrebbe potuto aspettare per dopo. Dovevo davvero finire il suo tatuaggio. "Sembri sempre un gatto che cerca di affondare la tua testa più vicino a me." Prima che potessi dire qualcosa, aggiunse, "Ma mi piace... anzi no, lo *amo*."

"È rilassante, sì," dissi, incorniciando le labbra in un sorriso. Ero il ragazzo da cui le donne erano state messe in guardia. Basti dire che non c'era una fila di persone che volessero giocare con i miei capelli e coccolarmi. Si aspettavano sempre che io fossi duro e pervertito. Il sesso con me non era tutto rose e fiori; era crudo, selvaggio, il tipo di sesso che non tutti potevano gestire. E il pensiero di Becca in quel momento, mentre mi accarezzava i capelli, mi scaldava fino al midollo. Poteva fare tutto ciò che voleva con me. "Mi fa anche venire un po' sonno, e non ti conviene proprio ora."

Mantenni tesa la pelle dell'anca, ammirando la mia arte sul suo corpo. Il disegno della farfalla era a metà, e quando guardai l'orologio e poi vidi il sorrisetto sulla faccia di Becca, capii perché avesse quell'espressione.

"Beh, se non continuassi a fermarmi per baciarmi... *dappertutto*... probabilmente avremmo già finito adesso", mi prese in giro, emettendo un'adorabile risata, e poi il suo tono si fece più serio. "È incredibile... Adoro le trame delle linee... e non è ancora finito... *wow*."

"Certo, è fatto da me," dissi, sporgendosi di nuovo, questa volta per mordicchiarle l'orecchio.

"Vedi, cosa ho appena detto? Non riusciremo mai a finire. Rimarremo qui tutta la notte, Jake," rispose lei, dandomi una pacca sulla spalla. I miei interni si sciolsero davanti a quel viso. Il suo sorriso era sicuramente la sua migliore qualità, anche se lei voleva fosse il suo seno.

"Ti stai lamentando?" Non potei fare a meno di aggiungere a queste parole un sopracciglio alzato.

Prima che rispondesse, sapevo già quale sarebbe stata la sua risposta.

"Ovviamente no. Adesso, sbrigati," disse, stringendo le gambe, e, quando la fissai, fu lei a darmi un bacio. "Sto diventando eccitata. Starmene qui nuda sicuramente non aiuta."

Fanculo. Premetti la mia crescente erezione contro la sedia, cercando di controllarla, ma era inutile. Non c'era modo di pensare con la testa invece che col cazzo con Becca nuda proprio di fronte a me.

Fallo per il tatuaggio. Finiscilo. Provavo a prendermi in giro. Scossi la testa, spingendo temporaneamente tutti i pensieri sessuali nella parte posteriore della mia testa. Poi, presi un ago nuovo di zecca, lo infilai nella pistola del tatuaggio e concentrai tutti i miei sforzi sul completamento della farfalla. Dovevo rendergli giustizia, l'arte era un ricordo di sua madre. "La mia piccola farfalla", così la chiamava sua madre quando era ancora in vita. Dovevo renderle giustizia; dovevo fare del mio meglio - per la donna proprio di fronte a me.

Non sapevo quanto tempo avrei impiegato; non mi importava di guardare l'orologio. Sapevo solo che dopo essere rimasto bloccato nella stanza per così tanto tempo - ammettiamolo, un po' per colpa mia a causa della tentatrice che avevo di fronte - finii finalmente la farfalla, e non potevo essere più orgoglioso. Avevamo passato l'intera notte a inventare diverse varianti dell'immagine che Becca aveva in mente. Le avevo mostrato quasi dieci disegni a farfalla disegnati a mano e continuavo a perfezionarli finché non ce n'era uno di cui non solo fosse contenta, ma innamorata. Lo avrebbe per sempre avuto sulla sua pelle; doveva amarlo alla follia. Ora che era finito, aveva un sorriso smagliante, e sapere che ero io la ragione del suo sorriso mi rendeva altrettanto estasiato.

"Grazie... davvero, grazie *davvero*," disse, quasi

perdendo il fiato verso la fine della frase. "E'... che... wow... è meglio sulla pelle che sulla carta."

"Sono contento ti piaccia," dissi, mettendo via la mia attrezzatura e dedicandole tutta la mia attenzione. Non l'avrei mai fatta rivestire dopo averla vista nuda su una sedia per *ore*. *Mai*. "E adesso..."

Distolse gli occhi dall'osso dell'anca per trovarmi a sorridere maliziosamente. Prima che potesse accorgersene, la presi tra le mie braccia, le sue gambe mi circondarono la vita, e io la spinsi giù sul tavolo, proprio accanto alla sedia. Mentre entrambi diventavamo estremamente impazienti, le nostre mani lavorarono insieme per slacciare e sfilarmi i jeans. Con una mossa decisa, spinse i miei boxer fino in fondo, e sorrisi quando i suoi occhi si spalancarono alla vista della mia erezione.

"Ora," disse, appoggiando i gomiti sul tavolo e spalancando le gambe. Ero un po' sciocccato all'idea che volesse andare subito al sodo, ma le mie domande trovarono una risposta, quando cominciai a far scivolare il mio cazzo dentro senza problemi. Era così *dannatamente* bagnata. Non c'era bisogno di farle un ditalino, stuzzicarla o iniziare con i preliminari. Più tardi, a letto, avremmo avuto tempo per le coccole e il romanticismo. Ma in quel momento, avremmo fatto una sveltina, facile e selvaggia, qualcosa di diverso dal solito.

"C-cazzo..." provò a respirare, mentre io spingevo dentro e fuori di fronte a lei. Avevo la sensazione che da un momento all'altro il tavolo avrebbe ceduto, ma me ne sbattevo, la sua umidità la stava portando all'orgasmo. "Il sesso con te diventa sempre più bello."

"Bisogna essere in due", dissi, mentre facevo schiantare le mie labbra contro le sue aggiungendo un piccolo morso. Gemette a quella brutalità mi strinse più forte.

"J-Jake... sto per venire... sto per venire..."

"Anch'io", dissi, mordendole il labbro inferiore. "Insieme."

E dopo quelle parole presi a martellare molto più velocemente dentro di lei, mentre lei si aggrappò a me come se la sua vita dipendesse da quel momento.

Era passata solo una settimana. Non sarei riuscito ad aspettare le altre tre settimane. Io volevo lei, tutta per me, per sempre.

CAPITOLO 8

Becca.

Questo non doveva succedere. Era colpa della governante, al cento per cento. Se non fosse stata una tale pettegola e non avesse detto a mio padre che raramente ero tornata a casa negli ultimi ventotto giorni, non saremmo stati in quella situazione. Cercava sempre dei modi per mettermi nei guai, e sapevo perché. Doveva sgobbare tutto il giorno e lavorare per una principessa viziata e privilegiata - me.

Avevo già detto a mio padre che dormivo da Mary e Jane, ma *lei* aveva dovuto per forza tirare fuori quella storia, che continuavo a scomparire di tanto in tanto, e che, il primo giorno che me ne ero andata, avevo portato con me un'enorme valigia piena di vestiti. Il solo pensiero di ciò che stava succedendo mi fece ribollire il sangue. Non lo faceva mai quando c'erano le mie sorellastre. Erano molto più grandi di me, e quindi non c'era modo che potesse dire bugie a mio padre, o che riuscisse a metterlo contro le sue figlie, le mie sorellastre. Mio padre le adorava; avevano seguito senza alcuna resistenza il sentiero che lui aveva battuto per loro, e adesso erano in cima al mondo, dirigevano e gestivano molte delle imprese di mio padre. Le adoravo anch'io; si prendevano sempre cura di me, erano come le mie madri da quando mia madre era morta.

Ma non erano qui adesso – ora che avevo bisogno di loro. Ma dubitavo che capissero. L'idea che un uomo mi trattenesse per trenta giorni per fare sesso quando e dove desiderava non avrebbe tranquillizzato nessuno, e ora mio padre esigeva di sapere dove fossi stata durante le scorse settimane.

Alla fine cedetti, spaventata da quello che sarebbe potuto succedere se avessi disobbedito a mio padre, e gli dissi una mezza bugia, cioè una mezza verità. Gli dissi che stavo col mio ragazzo, e ora io e Jake stavamo andando a trovare mio padre a pranzo.

"Andrà tutto bene, sono qui," disse, cercando di rassicurarmi. Si allungò per appoggiare una mano sulla mia spalla, la strinse e poi tirò indietro il braccio.

Il gesto mi calmò un po', ma la mia voce interiore mi diceva che era una mossa vana. Erano passati ventotto giorni da quando avevamo stretto il nostro accordo; altri due giorni e sarei tornata a casa. A quel pensiero, sentii immediatamente un dolore lancinante al petto. Non potevo negarlo. Dopo aver trascorso con lui ogni risveglio e ogni buonanotte nelle ultime settimane, sarebbe stato impossibile non innamorarsene.

Ma io ero solo un passatempo.

Aveva sfondato la fighetta della vergine. Aveva ottenuto ciò che voleva, era riuscito a rendere realtà il suo feticismo, e, dopo un paio di giorni, sarebbe tornato sul mercato, uscendo con top model e donne mature che sembravano dee con tanta esperienza a letto, cose che io potevo solo sognare.

"A cosa stai pensando?" chiese Jake, interrompendo il mio pensiero. Lo vidi parcheggiare la mia auto sul vialetto dell'hotel a cinque stelle. Le nostre porte furono aperte dai parcheggiatori in attesa, e Jake lasciò le chiavi ad uno di loro prima di entrare nell'hotel.

Sentii Jake prendermi la mano mentre venivamo accolti da una grande doppia scala e da colonne cerchiate d'oro e di marmo. Quando mi voltai per guardarlo, colsi un accenno di disagio sul suo viso, nelle sue labbra ben chiuse. Non si sentiva nel suo ambiente; sapevo cosa provava, ma gli avevo detto più volte che non aveva bisogno di preoccuparsi. Si era allontanato da *quella* vita; non lo avrebbe reso un disadattato. Nessuno poteva, nemmeno la sua famiglia snob e autoritaria.

O almeno così pensavo.

"Fanculo," lo sentii respirare, mentre ci dirigevamo verso il ristorante al piano di sopra, dove mio padre aveva prenotato.

Girai la testa, seguii la traiettoria del suo sguardo e mi lasciai sfuggire anch'io qualche imprecazione. Avrei dovuto prevederlo. *Come avevo fatto a non pensarci!?* Naturalmente, mio padre e il padre di Jake avrebbero pranzato insieme come d'abitudine. Parlavano di affari.

"Allora, questo è il tuo nuovo fidanzato?" L'espressione sui volti di quei due uomini in carriera era inconfondibile.

"Di cosa stai parlando, Connor?" disse il vecchio Huntington, mettendosi più dritto sulla sedia e giocherellando col suo anello sul tavolo. Il suono di quei colpetti era leggermente fastidioso.

"Mia figlia è sparita da quasi un mese, non dorme, non mangia e non fa la doccia a casa. Ha detto che aveva un fidanzato. A quanto pare si tratta di tuo figlio."

Prima che potessi esprimere la mia opinione, mio padre partì in quarta. Cominciò ad alzare la voce, senza preoccuparsi se alcune persone in sala cominciavano a voltarsi a guardarci. Si aspettava che tutti si inchinassero a lui, persino gli estranei. E in quel momento non stava facendo diversamente; poco gli importava di fare una scenata, perché si aspettava che il mondo accettasse ciò che lui voleva, senza fare domande.

"Non ti ho messo in guardia parecchie volte dal figlio delinquente di Harry?" mi irrigidii alla parola "delinquente". Ora mio padre stava esagerando. Jake era tutto tranne che un delinquente. Era un lavoratore, amava il suo mestiere ed era empatico. "Non ti avevo detto che era un moccioso ingrato fuggito dalla famiglia che gli aveva sempre dato tutto?! Perché non mi ascolti mai, Becca? Perché non vedi che voglio solo il meglio per te? Perché vai sempre in cerca di guai?"

"Per 'meglio' intendi forse l'uomo più ricco e di maggior successo con cui potresti combinarmi un appuntamento?" dissi, cercando di controllare la rabbia. Non c'era modo di far cambiare idea a mio padre. Avevamo già avuto tantissime discussioni simili. Cercava sempre di trascinarmi nei suoi eventi dell'alta società e costringermi a parlare con i figli dei suoi amici, nella speranza di farmi rimediare una relazione con qualcuno di loro e di assicurarmi un futuro di successo e ricchezza che la maggior parte la popolazione mondiale avrebbe potuto soltanto sognarsi. "Non ne ho bisogno. Jake è... "

"Mi dispiace, tesoro," mi interruppe mio padre. "Il mondo gira intorno al denaro. Semplicemente, devi accettarlo."

"Ma devi sempre andare in giro a rovinare la vita di qualcun altro? Non ti basta già l'aver rovinato la tua?!" Stavolta era Harry Huntington a parlare, la sua voce autoritaria rimbombava, ed uscì l'avvocato che era in lui. Girai la testa di lato per vedere quale fosse la reazione di Jake, e non avrei potuto essere più orgogliosa. Rimase lì in piedi, dritto, irremovibile, e mantenne il proprio terreno nonostante le parole tossiche che uscivano dalla bocca di suo padre. Non c'era da stupirsi se i nostri padri erano colleghi e ottimi amici. Erano due gocce d'acqua. "Non rovinare il suo futuro come hai rovinato il tuo. Non la meriti. Cosa potresti darle in più rispetto a suo padre? L'ultima volta che ho sentito parlare di te mi è arrivata voce che il tuo salone di tatuaggi stenta ad andare avanti. Lo sai questo?" Si voltò verso di me. "Coi soldi che guadagna riesce soltanto a mantenersi."

Ne avevo abbastanza. Non potevo sopportare tutte le cazzate che gli stavano sputando addosso. Mio padre che da solo buttava fuori parole di scoraggiamento era già abbastanza squallido, ma unirsi al padre di Jake nel farlo? Nessuno avrebbe resistito fino alla fine.

"Sta' zitto". Trasalii alle mie stesse parole; sapevo che mi stavo scavando la fossa, ma ero troppo infuriata per preoccuparmene. "Tu non sai nulla di lui. Te ne sei fregato della sua vita per anni. Non hai visto come ha toccato le vite delle persone, come usa là sua arte per connettersi con il mondo che lo circonda, perché a voi due frega solo di fare soldi." Le mie mani erano serrate in pugni lungo i miei fianchi; mi sentivo come se avessi così tante emozioni che mi attraversavano, tanti sentimenti che volevo far uscire. "Ha messo su l'attività per seguire la sua passione, non per derubare il mondo, tranquilli, voi potrete diventare sempre più ricchi e ricchi. Non ho mai incontrato persone più egoiste di voi."

"T-tu..."

"Non ho finito," dissi, guardando torva mio padre. Non sapevo da dove venisse questo nuovo coraggio, ma mi permetteva di far emergere sentimenti che avevo tenuto dentro per anni. "Non dirmi con chi uscire e con chi non uscire. Troppo tardi. Io amo Jake... c'è stato per me quando tu eri assente... è stato al mio fianco per ascoltarmi e prendersi cura di me. Lo amo... tanto quanto amo la mamma ", continuai, con le dita sulla cintura dei miei pantaloncini. "Mi sono fatta un tatuaggio..." Tirai leggermente giù il jeans per mostrare loro la farfalla. "È così che la mamma mi chiamava. Non c'è arte migliore dell'unione delle due persone che amo di più al mondo. Grazie per niente, papà. Mi hai sempre detto che vuoi solo il meglio per me, ma la verità è un'altra; vuoi scegliere la mia vita solo per riempirti il portafoglio." Poi, i miei occhi sbandarono per incontrare il padre di Jake. "Entrambi potete andare all'inferno."

Detto ciò, afferrai la mano di Jake e mi diressi verso l'uscita. Eravamo arrivati al punto di non ritorno.

CAPITOLO 9

*J*ake.
Mi ama.
Mi ama davvero.

Per tutta la mia vita, mi era sempre stato detto che mostrare le emozioni era un segno di debolezza. Mi ero costruito un muro così alto che nulla riusciva a spaventarmi. La gente avrebbe potuto minacciarmi, e non me ne sarebbe mai fregato niente. Quando mio padre mi aveva detto che mi avrebbe lasciato fuori dal testamento se non avessi frequentato la facoltà di legge, trovai la forza per voltargli le spalle e andarmene. Dopo aver vissuto la prima grande delusione d'amore al liceo, divenni solo più forte e misterioso, mi costruii una facciata fredda e inalterata, tanto da attrarre moltissime ragazze e donne. Quando avevo fatto a botte con qualcuno magari ne ero uscito con lividi e ferite, ma mai con un ego abbattuto. Potevo sopportare molte cose, quasi nulla mi turbava.

Tranne lei.

Mentre stringeva forte la mia mano, tremavo un po'. Ero così sopraffatto da così tante emozioni che volevo solo prenderla tra le braccia, baciarla fino a stritolarla e farle cose che ci avrebbero fatto cacciare e bandire dall'albergo.

Lei mi ama.

Quel pensiero continuava a ronzarmi nella mente. Aveva affrontato a testa alta i nostri padri, dicendo loro, in pratica, di andare a farsi fottere. Nessuno avrebbe mai osato farlo. Io un tempo lo facevo con mio padre, ma da parte mia si aspettava quel tipo di atteggiamento. Ma Becca... la Becca dolce, innocente e compassionevole... per tutto il tempo avevo pensato che avesse bisogno di forza da parte mia, di una figura che la proteggesse dalle difficoltà della vita. Ma ero così, *così* ingenuo.

Non aveva bisogno di alcuna protezione. Era più forte di quanto credessi, e la forza che aveva sempre nascosto oggi era venuta fuori. Oggi ero stato io ad aver bisogno di protezione.

Lei mi cullava e rassicurava nel profondo. Nessuno aveva mai detto a quei due uomini di andare a farsi fottere, nemmeno le loro mogli potevano dire una simile sciocchezza. Becca non aveva idea di quanto fossi impressionato... di quanto apprezzassi quello che faceva. E volevo farglielo sapere. Volevo mostrarle quanto l'amavo e quanto avessi apprezzato quel suo gesto in mia difesa. Di solito, glielo mostravo rapendola fino a quando non veniva urlando il mio nome. Con lei, darle piacere non era mai qualcosa di noioso. Potevo stuzzicarla e leccarle i seni tutto il giorno, farle un ditalino e divorarla fino a farla venire fra rossori e gonfiori. Mi piaceva renderla felice. Mi piaceva farla godere e prendermi cura di lei. Non avevo mai provato nulla di simile. Ora ogni suo aspetto mi stava facendo sentire così sopraffatto.

Volevo mostrarle quanto l'amassi e quanto ci tenessi. Ma, ovviamente, non potevo scoparla in un posto pubblico.

Lei mi ama. E la amo anche io. Ma come glielo dimostrerò?

Ma poi mi venne l'illuminazione. Fu così automatico, così naturale che non ci pensai nemmeno per davvero. Mi ritrovai ad inginocchiarmi incontrando i suoi occhi color nocciola. Sembrava sciocccata, con la bocca che si apriva in una piccola "o" e il braccio che si irrigidiva mentre mi vedeva a terra su un ginocchio. Per un attimo, guardai a lato e vidi entrambi i nostri padri che ci guardavano. L'intero piano aveva gli occhi puntati su di noi. Avevano ascoltato la discussione tra noi e i nostri padri. Ora, tutti erano curiosi di conoscere le conseguenze.

"Ti conosco da oltre otto anni, ma ho davvero capito chi sei soltanto da un mese..." Becca sembrava sul punto di piangere, ma il sorriso sul suo volto mi diede la forza per continuare. "Eppure in questo mese ho scoperto quanto fossi speciale... quanto *sei* speciale. Avresti potuto giudicarmi subito. Se avessi raccontato a qualcuno del nostro patto di un mese, tutti ti avrebbero detto di stare lontano da me." Feci una pausa e continuai. Quella sensazione dentro di me - le fottute farfalle e i vuoti nello stomaco - mi sentivo sopraffatto più di quanto non lo fossi pochi minuti prima. "Ma tu sei rimasta, e per la prima volta dopo tanto, *tanto* tempo, mi sono sentito come se a qualcuno davvero importasse di me. Mi fai sentire amato e coccolato, ed è qualcosa di preziosissimo in questo momento, con la vita che sto provando a vivere - cercando di andare avanti da solo dato che la mia famiglia non crede in me." Inghiottii il mio respiro, scacciando la paura e schiudendo le labbra per chiedere: "Ho bisogno di qualcuno che mi tenga la mano, qualcuno che sia la mia forza quando sono debole, e quel qualcuno sei tu. Non sono mai stato più sicuro in vita mia..." E poi, finalmente," Becca Madison, vuoi sposarmi?"

Calde lacrime le zampillarono dagli occhi mentre stingeva le mie guance con le sue mani morbide e femminili. Mi tirò su per farmi alzare e premette dolcemente le sue labbra contro le mie. Un attimo dopo non potei fare a meno di sorridere, quando sentii emozioni nel suo bacio e lacrime sulla sua carne. Dopo quello che mi era sembrato un bacio infinito, mi tirai indietro. Se non avessimo smesso di baciarci, le cose sarebbero diventate più intense e avrebbero richiesto il permesso dei genitori.

"Certo..." cominciò a dire, ancora singhiozzando. "Certo, ti sposerò!"

Poi seguii il movimento dei suoi occhi. Abbassò la testa e si guardò le mani, e all'istante, capii cosa dire. "L'anello... voglio che sia un altro tatuaggio. Posso disegnare delle piccole farfalle e le nostre iniziali attorno al tuo dito... Lo voglio in inchiostro piuttosto che in metallo, così non potrai mai rimuoverlo. Ho intenzione di averti tutta per me per un tempo molto, *molto* lungo..."

Lei aprì le labbra, il suo sorriso si allargò sempre di più mentre mi prendeva la mano. Tutt'intorno, la gente scattava fotografie e ci faceva dei video. Alcuni stavano ancora applaudendo e esultando alla mia proposta. Riuscivo anche a percepire la furia dei nostri padri che ci inceneriva con lo sguardo, ma con così tanto amore e sostegno attorno a noi, non me ne fregava proprio niente.

"Allora andiamo a casa... voglio che progettiamo l'anello *insieme*."

E non avevo mai sentito parlare di un piano più bello.

EPILOGO

Becca.
 Avevo sempre amato il tema "Paese delle Meraviglie d'Inverno" da quando avevo cominciato ad andare a feste e balli scolastici, e solo ora capivo bene perché. Guardai tutt'intorno alla chiesa, e da dietro le finestre vidi la neve che cadeva, rinfrescare la chiesa e farmi sentire rilassata, completamente in pace.

Era il mio matrimonio, ma pensavo a così tante cose che non stavo nemmeno più ascoltando il prete.

Sapevo di dover ascoltare la cerimonia. Non ero diventata una sposa isterica invano negli ultimi sei mesi. Ma la verità era che c'erano così tante cose meravigliose su cui avrei potuto posare il mio sguardo, proprio lì, proprio in quel momento. L'intera chiesa era adornata con luci natalizie in una scala di sfumature che andava dal bianco al blu. Decorazioni gigantesche fatte di nastri e palle di neve abbellivano le pareti e le colonne di marmo. Una calda illuminazione gialla rischiarava l'intera zona per creare un ambiente molto intimo. Il coro che avevamo ingaggiato cantava con una tale bravura che, soltanto ascoltandola, riusciva ad innescare una varietà di emozioni dal profondo dell'animo.

La cosa più importante era l'uomo accanto a me, e la nostra famiglia e gli amici che ci osservavano e ci sostenevano in quella importante occasione.

Gli ultimi sei mesi erano stati un po' una montagna russa, pieni di alti e bassi. Ci era voluto un po' prima che le nostre famiglie accettassero il nostro matrimonio. Nel corso di quei mesi, avevano gradualmente realizzato che il nostro amore reciproco era indistruttibile e autentico. Col mio giro di conoscenze in città, avevo aiutato Jake a portare avanti la sua attività, e, con i suoi guadagni, mi aveva supportato quando avevo iniziato il college. Vivevo con lui, e lui copriva le nostre spese di soggiorno. Avevo anche svolto un lavoro part-time come receptionist nell'ospedale lì vicino. Volevo dimostrare a me stessa e alla mia famiglia che riuscivo a cavarmela con il percorso che mi ero scavata da sola. Ripensando a quello che avevo vissuto negli ultimi mesi, tornando indietro avrei rifatto tutto. Mio padre ammirava le mie forze; le mie sorellastre mi avevano quasi detto di invidiarmi per la mia bravura nel tenere testa a nostro padre.

E in quel giorno, lì al matrimonio fra me e Jake, c'erano i nostri amici e familiari, testimoni del nostro amore e del nostro impegno reciproco.

"Sei il miglior regalo che abbia mai ricevuto... più di quanto potrei mai sperare e meritare... Ti amo così tanto, Becca Huntington. Non vedo l'ora di chiamarti 'mia moglie'."

"Ti amo, Jake... più della mia vita... non sai quanto. Non vedo l'ora di passare il resto della mia vita con te."

Solo con un cenno del capo, il prete sorrise davanti alla semplicità delle nostre parole e, alla fine, disse: "Becca e Jake, avete espresso il vostro amore e il vostro impegno l'uno all'altra con i voti appena pronunciati. Non siete più semplicemente fidanzata e fidanzato, non più solo partner e migliori amici. Ora siete marito e moglie." E con un sorriso più grande, continuò, "Jake, ora puoi baciare la tua sposa."

GUARDANDO INDIETRO agli ultimi sei mesi nella mia testa, sorrisi al pensiero di guardare avanti per sempre con l'uomo che era proprio di fronte a me: mio marito.

FINE.

Leggi Lasciati andare ora!

Signor Vance

La squadrai con gli occhi. La barista temporanea era stata portata nel mio ufficio, perché aveva visto la stanza dell'asta delle vergini. Osservai le sue curve deliziose e capii che dovevo possederla. Solo che non l'avrei mai più rivista dopo questa serata. Ma io ottengo sempre quello che voglio, sono il proprietario del Club V e la farò aprire per me in modi che non ha mai provato prima. Non vedo l'ora di toccarla e di leccare ogni curva del suo corpo vergine.

Samara

Pensavo che la stanza delle aste del Club V fosse solo un pettegolezzo, finché non imboccai la porta sbagliata. Temevo che mi avrebbero licenziata, ma quando il buttafuori mi portò dal signor Vance mi ritrovai all'istante in un gran casino. Era bellissimo, arrogante, perfino spavaldo, e io non riuscivo a togliere gli occhi di dosso dalla donna nuda che indossava solo un collare di diamanti e stava in piedi accanto a lui.

L'espressione lussuriosa e sensuale sul suo viso, mentre lui giocava con lei, e il mio su cui teneva gli occhi puntati, cercando di provocarmi. Per fortuna non lo avrei mai più visto dopo questa notte. Almeno, così credevo, finché il destino non cambiò tutto… Dio aiutami tu!

Se uomini arroganti, vergini e momenti di tensione vi intrigano, questo è il libro che fa per voi, continuate a leggere...

Leggi Lasciati andare ora!

LIBRI DI JESSA JAMES

Cattivi Ragazzi Miliardari

Una Vergine Per Il Miliardario

Il Suo Miliardario Rockstar

Il Suo Miliardario Misterioso

Patto con il Miliardario

Cattivi Ragazzi Miliardari - La serie completa

Il Patto delle Vergini

Il Professore e la Vergine

La Sua Tata Vergine

La Sua Sporca Vergine

Il Patto delle Vergini: La serie completa

Club V

Lasciati andare

Lasciati domare

Lasciati scoprire

———

Fidanzati per finta

Implorami

Come amare un cowboy

Come tenersi un cowboy

Una vacanza per sempre

Pessimo atteggiamento

Pessima reputazione

Ancora un altro bacio

Chiodo scaccia Chiodo

Dottor Sexy

Passione infuocata

Far finta di essere tuo

Desiderio

Una rockstar tutta mia

ALSO BY JESSA JAMES

Bad Boy Billionaires

A Virgin for the Billionaire

Her Rockstar Billionaire

Her Secret Billionaire

A Bargain with the Billionaire

Billionaire Box Set 1-4

The Virgin Pact

The Teacher and the Virgin

His Virgin Nanny

His Dirty Virgin

The Virgin Pact Boxed Set

Club V

Unravel

Undone

Uncover

Club V - The Complete Boxed Set

Cowboy Romance

How To Love A Cowboy

How To Hold A Cowboy

Treasure: The Series

Capture

Control

Bad Behavior

Bad Reputation

Bad Behavior/Bad Reputation Duet

Beg Me

Valentine Ever After

Covet/Crave

Kiss Me Again

Contemporary Heat Boxed Set 1

Handy

Dr. Hottie

Hot as Hell

Contemporary Heat Boxed Set 2

Pretend I'm Yours

Rock Star

The Baby Mission

L'AUTORE

Jessa James è cresciuta negli Stati Uniti, sulla costa orientale, ma è sempre stata affetta da una grande voglia di viaggiare.

Ha vissuto in sei stati, ha svolto tanti lavori ma è sempre tornata dal suo primo vero amore – la scrittura. Lavora a tempo pieno come scrittrice, mangia troppa cioccolata fondente, ha una dipendenza da caffè freddo e patatine Cheetos, e non ne ha mai abbastanza di maschi Alpha e sexy che sanno esattamente cosa vogliono – e non hanno paura di dirlo. Uomini dominanti, Alpha da amore a prima vista, sono i protagonisti delle storie che ama leggere (e scrivere).

Iscriviti QUI per la Newsletter di Jessa:
https://bit.ly/2xIsS7Q

www.ingramcontent.com/pod-product-compliance
Lightning Source LLC
LaVergne TN
LVHW011849060526
838200LV00054B/4249